온전히 나일 수도 당신일 수도

온전히
나일 수도
당신
일 수도

시인수첩 시인선 018

휘 민 시집

문학수첩

아스팔트에 새겨진 스키드 마크의 행간을 다 읽고 나면
다시 돌아갈 수 있을까? 삶이 허락한 불안한 휴식 속으로,
체위를 바꾸어도 발기되지 않는 삶의 바깥으로,

휘민

| 차 례 |

2부

3부

4부

1부

리듬의 탄생

친구의 생일날 초대받지 못한 아이가
키 작은 회양목 사이에
리본 달린 선물상자를 숨기듯

아침밥을 먹다가 씹는 것을
잊어버린 아이가 자신의
눈동자 속에 노란 쌀눈을 감추듯

답안지를 걷어간 뒤에야
근의 공식을 기억해 낸 아이는
마흔이 넘어서도
수학시험 보는 꿈을 꾸고

눈 감으면 영영 어둠일까 봐
치매에 걸린 노모는
달그락 달그락
끓고 있는
양은냄비 곁을 떠나지 못한다

직소퍼즐을 맞추며

일곱 개의 목뼈로 당신을 생각하는 밤이에요
손바닥과 맞닿은 코끝에서 새어 나온 작은 빛줄기가
허공에서 춤사위를 시작하고 있네요

당신은 어둠을 싫어했지요
그래서 빛을 파종하듯 밤하늘에
고독을 심어 놓았는지 몰라요
끓어오르는 불안을 잠재우기 위해
어둠 속에 환한 구멍을 뚫어 놓았는지 몰라요

별빛은 허공을 건너가는 어둠의 속도
춤을 추듯 흔들리는 당신의 붓질이
밤이 숨겨 놓은 빛깔들을 긁어내고 있어요

오늘 밤 나는 당신이 우주의 리듬을 발견하던
그 순간을 훔쳐보는 한 마리의 까마귀죠
낮 동안 오베르의 밀밭 사이를 서성이다가
당신의 그림자 뒤에서 불타오르는 삼나무 가지에

앉아 밤이 지나가는 길목을 지키고 있어요

비애와 함께 우주를 건너가는 별빛의 노래
마침내 당신의 피부가 되어 버린
화란풍의 불란서 사투리를 듣고 싶어요
캔버스에서 뭉개진 거친 붓끝을 닮은
당신의 목소리를 들려주세요

빈센트,
어디서부터 시작할까요
변죽부터 울리며 천천히 다가갈까요 아니면
꿈틀거리는 별들의 심장으로 곧장 내달릴까요

때

지하철을 타고 가다 보면 덜컹거리는
바퀴의 율동이 갑자기 바뀌는 때가 있지

꾸벅꾸벅 졸고 있던 사람들이
갑자기 크게 고개를 떨구는 때

마주 보고 있는 레일이 서로에게
한 번씩 기울어지며 균형을 맞추는

앞으로 달려가기 위해 허공에
망치질을 하며 기울어짐을
연습하는 순간

눈을 감은 채 몸의 감각으로만
그림자의 높이를 가늠해 보는

살짝, 들추어진
고독의 한때

점묘

말풍선
틀니가 사라진 입술로
봉긋봉긋 허공을 밀어 올리고 있었다
새벽 두 시의 옹알이
그 문장을 받아 적으려 했으나
내가 그린 건 일그러진 말풍선이었다

부풀어 오르고 주저앉기를 반복하는
주름 많은 기억이었다
나에게 당신은

운명보다 서너 발짝 뒤에서 걸어오던
밑창 빠진 구두였다

작약
욕창은 당신의 배후로
구부러진 꼬리뼈 근처로 번져 가고 있었다
당신을 송두리째 삼켜 버릴 기세로

꽃이라 생각했다
잿빛 곰팡이 번져 가는 피 흘리는 작약이라고
체위를 바꿔 주며 문득, 당신이 돌아갈
별자리에 흩뿌려질 꽃잎들을 떠올려 보았다

근친
나는 당신의 손을 닮았다
유난히 긴 손가락과 단단한 마디를

당신의 손바닥에 내 손바닥을 대본다
난생처음 깍지를 껴 본다

나의 손끝으로 당신이 건너온다
오늘은 당신과 내가 너무 가까워서 슬프다

잠복기
태아처럼 웅크리고 잠든 당신을

아버지, 하고 부르는데 왜
입안 가득 비린내가 차오르나

비애는 젖은 기저귀를 차고 온다
어느 날, 예고도 없이,
그래도 뱀 꼬리 같은 떨림이 남아 있으니
이 생을 한 번 더 믿어 보기로 한다
누구에게나 생의 절반은 잠복기일 수 있다

자오선이 있는 수평 해시계 판

솜털 달린 어둠
그대로 삼키면 목젖에 닿기도 전에
목구멍에 들러붙을 것 같은 밤이라 쓰고
달빛이라 읽기에는 너무 뾰족한

나를 쫓아오던 사건과 내가 놓쳐 버린 기억들로 머릿속
에 먹구름이 차오를 때 오래 곱씹었던 질문인 듯 지난가
을 서랍 속에 넣어 둔 목화씨들의 궤도를 생각한다

툭 툭 툭
어둠을 튕겨 내는 초침 없는 벽시계의 기척들
어느새 아이의 주먹만큼 자란 금와달팽이가 사그락사
그락 상춧잎을 갉아먹는다
홀로 견디는 시간의 힘으로 실핏줄 같은 공명을 만들며
북회귀선을 건너가는 한밤의 운율들

어쩌면 밤은 낮의 저편이 아닐 수도 있다고
꿈은 잠의 일이 아니라 태양의 일일 수 있다고

달빛과 그림자의 경계로 서서*
어둠의 계보를 헤아려 본다

유럽과 아시아의 경계는 어디일까
그곳에도 하얀 목화꽃 피어 있을까

거대한 컴퍼스 사이에서 미끄러지는
삶과 죽음, 어느 쪽으로 돌려도
지축이 기울어진 채 내가 먼저 흔들리는

* 함민복, 「꽃」.

체류

병상에 누운 그녀가 갓 부화한
아기 새처럼 나를 쳐다본다
달력 뒷장에 적힌 전화번호를 더듬거리듯
내 몸 여기저기를 꾹꾹 누른다

나를 삼키고 있는 그녀의 눈동자
기울어지는 저녁을 바라보다가
슬그머니
눈길을 돌리고 마는 나

그녀의 정강이를 손아귀로 잡아 본다
신이 아직 파괴하지 못한
단단한 어둠 한 줌

창밖으로 소낙비 지나간다
엇박자로 덜컹거리는 심장 속으로
또 한 차례 밀려드는 어둠

저 비가 긋고 밤이 오면
저녁은 누구의 무릎을 짚으며 돌아갈까

사선으로 떨어지는 젖은 불꽃들
우두커니 형형하다

중력에 대하여
─거머리와 함께 여행하는 법 2

자정이면 애국가가 울려 퍼지고
집집마다 텔레비전이 지지직거렸다
대문이 달린 배불뚝이 브라운관 가득
하얀 별들이 일사불란하게 헤쳐 모였다

마을 어귀에 침묵의 바리케이드가 쳐지면
골목 끝에 홀로 남겨진 달은 슬레이트
지붕만 골라 다니며 미끄럼을 탔다
매일 밤, 기계인간이 되지 못한 철이는
999호 기차를 타고 지구로 돌아왔고
메텔은 또 다른 소년을 찾아 나섰다

알람을 맞춰 놓은 것도 아닌데
아침마다 새벽종이 요란하게 울렸다
사람들은 대문을 열고 흑백텔레비전
앞에 앉아 그를 기다렸다

첫 프로그램은 항상 화면조정이었다

그 시간만큼은 영원히 동사일 것 같은 삶이
질 나쁜 형용사 쪽으로 기울기도 했다

습관의 기술
—거머리와 함께 여행하는 법 3

어둠이 바늘땀 성긴 겹옷 하나 벗어 놓으면
잠은 구겨진 모서리를 껴안고
의식의 바깥을 더듬어 간다
이불 속에서 스치는 두 개의 체온
아이의 입가에 흘러내린 따뜻한 침은 내게 말한다

행복,
믿지 않으면 사라져 버리는 불완전한 주문

가족,
서로 다른 종(種)들이 신들의 계보를 훔쳐서 만든
텅 빈 기억의 교차로

기이하고 낯선 언어들, 나와는 다른 세계에 속한 품 넓
은 소파와도 같은 그 시간을 나는 오래도록 들여다보고
있다

현관문에 매달린 파우치에 우유가 도착한다

오토바이 소리가 여명을 끌고 사라진다

파우치에 남은 떨림을 심장 끝에 모으며 나는
오늘도 거울 뒤편에서 옷을 갈아입는다

생활의 달인
—거머리와 함께 여행하는 법 4

이제 더는 못 버티겠다고
더는 기다릴 수 없다고
놓아 버리려다가
가까이 가 본 적도
없는 중심을 닦아세운다

그래 다 지나갈 거야
지나고 나면 아무것도 아닐 거야
스스로를 위로하다가
느닷없이 베란다 창틈에 쌓인
해묵은 먼지들을 씻어 내야 한다며
마른하늘만 바라보고 있다

더 이상 길이 없다는 걸 알면서도
어둠을 포기하지 않는 발바닥의 굳은살처럼
지금 서 있는 곳이 난간인 걸 알면서도
허공과 가장 가까운 곳으로
모가지 없는 몸을 밀어 간다

심장에서 가장 먼 곳에 서서
기꺼이 눈물의 배후를 가늠해 본다

슈퍼문

설거지를 하는데 아이가 유리 조각을 내민다
자세히 보니 부러진 날개 한쪽이다
곤충도감을 보았는지 아이는 모시나비의 날개일 거라
한다
모시나비를 본 적은 없지만 나는
모싯잎 위에서 나풀거리는 한 계절을 떠올려 본다

투명한 날개에 쓰릅쓰릅 두 겹의
마음이 겹쳐진다
베란다에서 저녁매미가 운다

나는 한쪽 무릎을 구부리고 앉아
아이의 검은 눈동자와
그 속에 맺힌 한 여자를 바라본다, 물끄러미

닿을 수는 없지만 더 가까워진다는 것에 대해
이번 생에서는 까닭 없이 서로의 곁이 될 수도 있는
어떤 관계에 대해 생각한다

날개 하나를 잃어버린 매미는 지금
어디에서 이 저녁을 울고 있을까

방충망에 붙어 있던 매미가
물 묻은 손바닥에 여름을 남기고
어둠 쪽으로 방향을 튼다
달이 밝으니 오늘은 어제보다 더 외롭겠다

물그림

탈북자 김명애 씨는 지인이
금강산에서 떠다 준
물 한 병을
2년 동안 마셨다고 한다

그녀가 병뚜껑을 돌리던
오른손을 꺾어 버리고
점묘법으로 완성한
왼손의 자화상

눈을 감고
먼 하늘을 바라보는 검은
쇠기러기 한 마리

무극 일기

식탁 위에서 휴대폰이 진저리를 친다
서해풍랑경보 긴급재난문자다
바다는 어디에 있나
빨래를 개다 말고 나는 콘크리트 밀림 사이에서
휘청거리는 정오를 본다
저 햇빛 속으로 걸어가면 어느 순간, 칼날이
쑤욱 들어가는 바람의 숨골 만나게 될까
허공에 매달린 방
사방이 문으로 된 벽을 열고 들어가면
문, 그 문을 밀고 들어가면 또 문,
중심을 가늠할 수 없어 바닥부터 깊어지는 어둠
그림자 없는 오늘이 나를
무극(無極)으로 밀어 간다
길 건너편 공사장에서 한 남자가
비계(飛階) 위를 걷고 있다
해는 그의 등 뒤에 있고
그는 안전모를 쓰지 않았다

시간을 모으는 사람

그 노인의 집을 방문했을 때 나를 맞이한 것은 시계였
다
시계들은 벽에 걸려서, 백자 항아리에 기대서,
장식장 위에 늘어서서, 위아래로 나를 훑어보았다
노인은 말이 없고 시계들은 쉴 새 없이 조잘댔다

가장 좋은 자리를 차지한 벽시계 하나는
6·25참전용사전우회가 60주년을 맞이했다고 일러 주
었다
벽걸이용 시계, 수건걸이용 시계, 욕실용 시계, 탁상용
알람시계……

크기도 모양도 다른 일곱 개의 분침들이 같은 시간을
가리키고 있다
쉼 없이 건전지를 갈아 끼우며
오늘까지 끌고 온 빛바랜 훈장의 고집
구부러지고 휘어진 채 세월의 주낙을 낚아챈 초침들
검버섯 속에 그림자를 숨겼을

손목에서 미끄러져 시계 너머로 달아났을

노인이 턱을 감싼 채 기억을 끌어당긴다
베란다 창틀에서 하얀 파도가 일어난다
복숭아뼈를 파고든 총상이 바닷물에 젖는다

나는 소라껍질을 주워 귀에 대 본다
그사이 시곗바늘들이 노인을 끌고 바다로 향한다
입가에 하얀 거품을 물고 파도가 해안으로
해 안으로 노인의 무용담을 실어 나른다

텅 빈 거실에 나와 시계 소리만 남는다

언니가 두고 간 물거울

가슴속 돌 덮개를 들어 올리면
세형동검을 닮은 빛이 내 눈동자를 찌르죠
어머니의 단말마가 젖은 빨랫줄을 끌고
구멍 뚫린 하늘로 날아가네요
제자리를 찾지 못한 별들의 웅성거림
흑백사진 속에서만 보아 온
젊은 아버지가 언니를 안아 올리네요

언니 얼굴을 감싸는 하얀 손들이 있어요
매 순간 기억들이 빛으로 실을 자아요

물빛이 흔들리네요
별똥별이 남긴 마지막 숨결과
버드나무 잎맥들 사이에서 재잘거리는 바람
나는 아직 물속에서 자라는 나무
그러나 아가미가 없죠
가장 먼 길을 돌아오는 씨앗의 고통으로
초록은 불평 한마디 없이 가을을 건너가죠

달빛이 바가지로 물속 어둠을 퍼내요
빛의 씨앗과 나무들의 전생을 버무려
젖은 물레를 돌려요

언니가 날숨으로
십 년 후에 태어날 나를 밀어내요
내가 들숨으로
기억 속에 잠든 언니를 깨워요

나는 언니가 두고 간 물거울
거울 주인은 수십 년째 우물 속에서 나오지 않죠

봄

너는 기다리지 말라 했지만
미련한 마음 행운목 한 그루 들였다

온전한 나무가 아니었다
연둣빛 잎사귀 돋아난
나무 한 토막이었다
물에서도 잘 자란다기에
너의 밥그릇에 담아 창가에 두었다

봄에 떠난 사람은 돌아오지 않는다 했다
그래도 초록 잎사귀 어루만지며 물 먹은
나무토막처럼 퉁퉁 부어서 너를 기다렸다

네가 떠나던 그날인 듯
거리마다 언덕마다 벚꽃잎 흩날리고
잘려 나간 내 마음의 둥근 단면에도
새하얀 밀랍이 덮인다

살아갈수록 더 아득해지는 중심
돌아오지 않는 너를 기다리며
오늘은 내 몸 구석구석을 열어 들여다본다
새로 생긴 나이테가 보이지 않는다
네가 떠난 후 한 계절만 살았던 것이다

저녁

가로등 불빛이 밤을 이끌고 도착한다
저녁이 눈을 깜박거리는 사이
화살나무의 중심이 잠깐 흔들린다
바람이 깎아 낸 마음의 모서리가 이러할까
봄이 키운 가지에 여름은 여러 겹의
어둠을 덧대어 놓았으니
잠시 동안은 빛이더니
기울어지는 일몰의 기억을
딛고 일어선 노란 불빛은
속이 보이지 않는 또 다른 어둠이어라
화살나무가 키워 온 바람의 갈빗대 속에
소리 없이 자라는 시간의 부름켜가 있다
운명의 멱살을 움켜쥔 단단한 고요가
저녁을 굶은 암사자의 송곳니가 웅크리고 있다
조용히 감았다가 떠 보는
밤의 눈썹
그 어디쯤일 것이다
내 몸이 뚫고 들어갈 과녁은

2부

흑백텔레비전에 대하여

목이 긴 굴뚝을 빠져나온 연기가 고욤나무 우듬지를
지나 잘박거리는 어둠 속으로 몸을 숨길 때 맥맥거리며
저녁을 부르던 어미 소의 억센 혓바닥에도 작두날에 잘
게 부서진 옥수수 줄기가 가닿을 때 그즈음이면 만화도
다 끝나고 우리는 세 개밖에 안 되는 흑백텔레비전의 채
널을 드륵 드르륵 돌려 대고 마당 귀퉁이에선 급히 마신
어둠 토해 내듯 울컥울컥 하얀 모깃불이 피어올랐다 둥
글게 퍼지는 삼십 촉 전구 아래 모여 앉아 늦은 저녁을
먹던 날 모깃불 위에 던져진 갈맷빛 잎사귀들 마른 눈가
그렁그렁하게 하고 저녁을 다 먹고 멍석에 드러누워 찰진
옥수수알 오물거릴 때 느려진 아버지의 부채질 사이로
잠결인 듯 들리던 계면조 진주라 천릿길을 내 어이 왔든
고…… 안드로메다 그 멀고 먼 은하까지 덜컹, 덜컹, 달
려가는 새하얀 연기 여름밤의 고요를 깨우며 어린 내 가
슴에 지워지지 않는 바큇자국을 남기고 간 먼 하늘의 기
적 소리 그날 왜 세상은 눈금 많은 모눈자처럼 보였는지
달의 그림자 뒤에 가려진 밝은 폐허 매운 콧잔등에 얹힌
내 유년의 마지막 풍경

달과 모딜리아니

밤에 공중전화를 들여다본다
가슴속 납작해진 고독을 밀어 넣으면
삼 분쯤 달의 음성 들을 수 있을까
목이 긴 여자의 슬픔 만질 수 있을까

나는 금요일 밤이 되면
살 냄새를 찾아 나서지
집으로 돌아올 땐 괜스레 킁킁거리며
소맷부리에 묻혀 온 화독내를
인중 밑에 숨기지

잔느, 어둠 속에서만 살아 있는 너
소유할 수 없는 심장의 고동
나의 오늘은 너의 불행을 미농지 위에 필사한 것
속이 보이지 않는 너는

바람이 공중전화 부스에 들어서네
안주머니를 뒤적여 구름 한 줌 밀어 넣네

밤의 입술을 꾹꾹 눌러 달에게 전화를 거네
달이 길고 하얀 손가락을 뻗어 바람의 등허리를 쓰다
듬네

바람이 지나가고
나는 재빨리 공중전화 부스 안으로 들어선다
수화기를 들고 다급히 재발신 버튼을 누른다

앞을 향해 나아갈 땐 그림자를 볼 수 없었어
내 앞에 목이 긴 어둠 깔리기 시작했을 땐
빛의 정수리를 지나온 뒤였지
나는 밤이 너무 무거워
누가 이 챙 넓은 모자를 벗겨 주면 좋겠어
내 눈동자에 고인 어둠을 거둬 가면 좋겠어

잔느,
먼 곳을 헤매는 나의 몸
너는 보이지 않을 때만 내게로 온다

당신이 수화기 저편에서

당신이 수화기 저편에서
응, 하고
물기 없는 오늘을 밀어낼 때
수건을 둘둘 말아 놓은 나의 머리카락에서
물방울이 떨어진다

나는 질문거리를 찾기 바쁘고
당신은 단답형으로만 대답한다

뚝 … 뚝 ……
대화는 자주 끊기고
방바닥에 투명한 점자들이 흩어진다
물 먹은 바닥이 2분 13초를 삼킨다

응
이라는 말,
속이 들여다보이는 환한 어둠
그 속에 바리케이드를 쳐 놓고

당신과 내가 붙잡고 있던
침묵의 바깥 고리

눈을 감고 물방울무늬를 더듬거린다
물 묻은 비닐 장판에
동공 없는 자화상을 그려 본다

눈동자의 안부를 묻다

오징어를 손질할 때 가장 힘든 것은
눈동자를 처리하는 일
통째로 넣어 끓일 수도 없고
대가리만 잘라 낼 수도 없지

내장 다 발라지고 등짝에 붙은
힘줄마저 뜯겨 나가도
이것만은 내줄 수 없다는 듯
버티고 있는 눈알 두 개

바다를 품었던 구슬이 참 맑네
따순 밥 얼른 해 줄 테니 먹고 가라며
링거줄 매달린 환자복을 팔뚝까지 걷어 올리던
어제 저녁 어머니의 눈동자처럼

지금쯤 어머니는 가마솥 아궁이에 불을 지피셨을까
자식들의 또록또록한 눈망울 떠올리며
배내똥내 풍기는 따순 밥을 소복소복 푸고 계실까

국도 끓이지 못했는데
초인종이 울리네

나는 두리번거릴 새도 없이
물컹거리는 눈알 두 개를

꿀꺽,

비린내를 느낄 새도 없이
저녁의 목이 불룩해지네

칼의 춤

싸락눈 위에 시래기 국밥 흩어진다
대문 밖에 칼자루 두 개 던져진다

자정의 어둠을 뚫고 날아오른 두 개의 칼날
공중제비하며 겨울의 심장을 찌른다

칼끝은 번번이 안방을 가리킨다

어머니 일어선다
다시 칼날을 던진다

아버지는 며칠째 까닭 모를 신열에 시달리고
어머니는 마른입에 재갈을 물고 온몸으로 운다

칼끝이 대문 밖으로 향한다

마침내,
지신이 응답했다

마당가에서 매운 냄새가 났다
내가 마른 고추 반 자루를 태운 뒤였다

서른아홉

서쪽 하늘에 초승달이 걸린다
내비게이션에도 어스름이 깔리고
잘라 낸 엄지손톱 같은 달이 떠오른다

아무리 돌아봐도 발자국이 보이지 않는다
지금까지 나를 따라온 것은 타이어 자국이었으므로
그것이 이 행성이 기록한 나의 이력
그래도 나는 쉬지 않고 달릴 것이다
잠을 자면서도 달리고
어둠 속에서도 꿈을 꾸듯이 달릴 것이다

오늘 또 심장도 없이 별 하나가 태어난다
개밥바라기 주변에서 빛을 내던 뭇별들은
제 그늘을 거두어 유년의 별자리 곁으로 돌아앉는다
휴대폰 액정 속에서 구워진 이모티콘들이
팝콘처럼 튀어 올라 밤하늘을 뒤덮는다

어미의 심장을 물고 날아간

새가 하현에 박힌다
화살을 놓아 버린 빈 시위가
여명 속에서 오래도록 흔들린다

안녕, 내가 사랑한 윤곽들이여
이제 나는 너 없이 깊어지는 법을 배울 것이다

이상적인 관객

그때 나는 당신보다
사랑이라는 감정에 취해 바라본
강촌의 노을을 사랑했다
당신을 사랑했던
그 시간을 그리워하기 위해

그날 우리가 함께 물수제비뜨던
그 강물에게 말해야 했다
나는 영원히 당신의
고통에 닿을 수 없을 거라고

당신에게 눈먼 마음을 들키기 싫어
강물 속에 목소리를 두고 왔다

어떤 마음은
한 번도 사랑이라 말해지지 않은 채
돌 속에 묻힌다

단추의 바깥

큐큐, 달랑 간판 하나와 전화번호만 있는 그곳 신신큐
큐 앞을 지날 때마다 나는 무얼 하는 곳인지 궁금했어
색유리 너머로 콧잔등을 실룩거리고 귀도 쫑긋 세워 봤
지 꽤 오랜 탐색 끝에 찾아낸 단서는 으르렁 드르렁 재
봉틀 소리뿐 수선집인가 했더니 단춧구멍 뚫는 집이래
그래도 큐큐, 입속을 빠져나가는 그 소리가 얼마나 재미
있던지 젖니가 날 때처럼 잇몸이 간지럽기도 하고 잔뜩
주름을 만들어 키스하듯 앞으로 내민 입술은 또 얼마나
사랑스러운지

큐큐, 단추의 쓰임과 크기는 제가끔이지만 단춧구멍의
모양은 비슷하지 얼핏 보면 살면서 잘못 풀린 문제는 잘
못 채운 단추 탓인 듯 보이지 하지만 단추의 문제가 아
닐지 몰라 쉼 없이 여닫던 우리 삶의 공변세포들 열어야
할 때와 닫아야 할 때를 몰랐던 어리석음 어쩌면 구멍의
문제였는지도 모르지 우리 안에 잠겨 있는 그림자의 지
대 그러나 닿을 수 없는 허방 현실을 열망하는 한 우리
는 언제나 바깥이겠지

큐큐, 내게는 닫히지 않는 사물함이 있어 미처 이름 붙이지 못한 추억들 딱지가 마르지 않은 생채기들 짝이 맞지 않는 퍼즐 조각들이 숨어 있는 곳 가끔은 그곳에 웅크리고 앉아 생살을 찢고 올라오던 사랑니의 시간으로 돌아가곤 하지 평생 곡괭이로 어둠을 찍어 내다 자신의 눈동자를 탄창에 두고 온 늙은 광부의 손끝이거나 이분 도체된 소의 주검에서 자신의 심장을 발굴해 내는 정형 사의 칼날 속으로

큐큐, 살다 보면 골리앗버드이터의 거미줄보다 질기고 알다브라코끼리거북의 등가죽보다 두꺼운 원단에 기어이 구멍을 내야 할 때가 있겠지 그럴 때 나는 주저 않고 큐 큐집을 찾아갈 거야 솜씨 좋은 재봉사가 한쪽 끝을 막대 사탕처럼 달콤하게 공글려 멋지고 튼튼한 구멍을 내 주 겠지

큐큐, 그런데 나는 아직 모르겠어 단추의 바깥이 구멍

인지 단추를 채우는 내 손이 구멍인지 그것도 아니면 단
추가 바깥인지

피싱 투데이

남들은 꽁치 토막 꿰어 낚싯줄 던질 때
일급 낚시꾼은 먼저 잡은 갈치를 토막 낸다

그러나 진짜 고수는 따로 있다

제 종족의 살점을 넙죽 씹어 삼키는
갈고리 모양의 이빨들

은갈치가 출몰하는 밤
제주 앞바다는 반짝이는 비애로 출렁인다

아래턱으로 위턱을 야물게
단속한 족속들이
슬프고 아름다운 검무를 춘다

살아 펄떡거리던 망각이
갑판 위로 끌어 올려진다

온몸을 뒤채던 은갈치가
얼음통 속으로 사라진다

낚시꾼에게는 손맛만 남는다

시간제 노동자

몇 년째 요양병원에 누워 있는 엄마는 내 손을 잡을 때마다 물어요 너는 도대체 무슨 일을 하길래 손이 이렇게 거치니? 어째 엄마보다 더하다 그럴 때마다 나는 없는 난간이라도 붙잡고 싶어요

웃음 띤 얼굴로 건네는 정겨운 악수들을 기억해요 하지만 악어 등가죽 같은 내 손과 닿는 순간 다들 움찔움찔 놀라죠 사이버대학의 녹화 부스에서 혼자 두 시간을 떠들어도 고속도로를 120킬로미터나 달려가 세 시간 동안 온몸으로 열변을 토해도 내 손은 따뜻해지지 않아요 어쩌다 가끔 내 차지로 돌아오는 오늘의 일터로 가기 위해선 히터를 틀고 달리는 차 안에서도 장갑을 껴야 하죠

오늘도 달리고 달리고 달리고 달리고 살리고 살리고 살리고 살리고 돌아라 지구 열두 바퀴* 오각형에 S자가 새겨진 파란 티셔츠는 없지만 크고 억센 손은 나의 신분을 숨기기에 딱 좋은 차밍 포인트죠

어디 알바 쓰실 분 없나요? 지역 불문하고 시급은 묻지도 따지지도 않아요 불판 닦기, 화장실 청소, 소똥 치우기도 좋아요 혹시 꽃을 좋아하는 육우나 쥐잡기에 심드렁한 길고양이가 있다면 글짓기 수업도 가능하고요

출고된 지 9년 된 고물차는 벌써 지구를 다섯 바퀴째 돌고 있어요 그래도 나는 아직 더 달려야 해요 언제 교체될지 알 수는 없지만 스페어타이어는 항상 트렁크 밑에 있답니다

* 노라조, 〈슈퍼맨〉.

트리거

좁은 하수구 속에서 목숨을 구걸하다 총살당한 독재자의 말로를 전해 들은 날, 중환자실에 누워 있는 그의 휴대폰이 세상을 향해 마지막 신호를 보냈다. 주인 없는 전화기는 며칠 동안 빈집에 있었지만 그를 찾는 사람은 아무도 없었다. 스팸문자 하나 전송되지 않았다.

뇌경색으로 쓰러진 지 열흘째. 의식을 잠식당한 그는 완벽하게 고립되어 있다. 막다른 골목에 내몰린 기억의 입자들은 신경이 살아 있는 마지막 시냅스를 찾아 더듬이를 세운다. 그는 지금 어느 곳을 헤매고 있을까. 희수(喜壽)에도 아직 닿지 못한 그늘이 있어 속수무책 구두 밑창 같은 어둠 속으로 자맥질하고 있나.

한때 트렌치코트 속에 권총을 넣고 안가를 드나들었던 그, 각하가 측근에게 저격당하자 더 이상 파란 지붕 아래로 출근하지 않았다던 그, 건물 안팎이 온통 새하얀 경양식집에서 저녁이면 형광등 불빛 아래 모여든 날벌레들의 웃음을 모아 함박스테이크를 만들었다던 그,

각하의 죽음 이후 그의 주방에서 사라진 날벌레들의 비행
궤도만큼이나 행적이 묘연했다는 그,

　카다피가 떠난 후 과도정부는 리비아에 해방을 선포했다
　각하가 떠난 후 햇볕은 그에게 무장해제를 명령했다
　유언도 없이 의문부호로만 남은 그를
　붉은 흙과 버무려 주목나무 아래 묻는다
　독재자의 죽음 뒤에 찾아올 아침이 더욱 찬란하겠지만
　새벽은 언제나 밤의 꼬리를 물고 나타날 것이다

플라스틱 트리

더 이상 숨을 곳을 찾지 못해
마지막으로 도착한 곳이다
질문의 높이는 턱밑까지 차오르고
비좁은 골목 어디에도 해답은 없다
창가에는 계절을 잃어버린 나무 한 그루

자정이 되면 심장의 덜컹거림을 모아
먼 은하로 향하는 철길을 놓는다
검은 활자 위에 덧씌워진 형광빛 고독들
소리 없이 다가오는 어둠의 칼날에 찔려
나는 매일 밤 이 별에서 죽는다

직립한 외로움 속에 감추어 둔 가려움의
시간을 열두 겹으로 말아 천장까지 밀어 올린다
어둠이여, 나의 죽음을 알리지 마라
링 위에 올라서는 순간 부고는
이미 내 몸을 떠났으니

진눈깨비 흩어져 노량(鷺梁)의 밤하늘을 덮는다
제 몸속에 울음을 숨긴 눈송이들은
젖은 별빛이 되어 눈가에 맺히고
만곡으로 기울어진 연초록 잎사귀는
내가 잃어버린 날개의 높이로 서 있다

세렌디피티! 영화는 그렇게 시작되고

오늘은 프로그램 5를 선택한다
두 발로 딛고 선 바디셰이퍼의 진동판이
좌우로 움직이며 파동을 만든다
네모난 천장과 바닥, 네모난 벽과 창문이
흔들린다, 뒤죽박죽 뒤섞인다, 발바닥부터 머리끝까지
무너진다, 본방송과 재방송의 경계가
더더더더 아니, 덜덜덜덜덜
어디까지가 현재일까
습관처럼 반복되는 프로그램 5의 가상현실
격자 울타리를 두른 유리천장 위에서
조커가 나를 보며 웃는다
의지를 두려워할 필요는 없겠지 떨어져도
언제나 같은 구덩이 같은 바닥일 테니

하늘에서 떨어진 별이 호수를 스친다
그 별 다시 떠올라 저물녘의 설산을 휘감는다
스크린에서 반짝이는 스물두 개의 별
영화는 그렇게 시작된다

시놉시스에도 없던 뜻밖의 선물처럼

나를 속이기 위해 당신에게 거짓말을 한 적이 있다

밑

엄마는 날마다 양은냄비를 닦았어요 모지랑 숟가락으로 냄비 바닥을 긁고 철수세미가 끊어질 때까지 시커먼 밑을 문질러 댔어요 그러면 그을음 걷힌 자리에 초승달 하나 떠오르곤 했지요 열아홉에 아홉 남매의 맏이에게 시집와 삼촌들의 코를 닦아 준 엄마, 이십 년 동안 중풍으로 쓰러진 할머니의 밑을 닦아 낸 엄마, 쌀독 바닥을 채우느라 딸들의 초경도 몰랐던 엄마, 날마다 당신의 살을 덜어 내 목청을 키우던 엄마, 언제나 발가락 사이에 모래알갱이가 버석거리던

바닥이 달구어져 뚜껑이 들썩이기까지 불안한 평온과 소란스럽게 덜컹거리다 밑이 빠진 듯 조용해지는 긴 침묵의 시간들 바람 많은 서향집 달은 그 틈새에 걸려 있었어요 어둠의 일곱 번째 빗장처럼요 오래전 엄마 곁을 떠나올 때도 우리 집 하늘엔 어둠뿐이었어요 달이 되지 못한 엄마의 양은냄비는 찌그러진 채 개집 언저리에서 뒹굴고 나는 어느새 어른으로 간주되기 시작했지요

엄마, 너무나 많은 빛을 품었지만
온몸이 구멍이었던 당신

잘 지내나요?
내 슬픔의 환한 동공

알비노

처음에는
잘 띄지 않는 작은 점이었어
나만 아는 담홍
그러나 자꾸 눈길이 가는

물을 묻혀 문질러 보았어
습기를 머금은 얼룩은 점점 커졌지
당신과 나 우리 둘만 아는
희미한 세계 속에서

표백제를 떨어뜨린 뒤 비벼 보았어
담홍은 금세 말끔히 지워지더군
하얗고 커다란 점 하나를
우리 모두의 눈 속에 남겨 둔 채

얼룩이 얼룩을 지우는 손끝을 응시하는 밤이야
나는 담홍이 아니라 하양일 수도 있다고 생각해

홍채가 사라진 텅 빈 동공 속으로
대답 없는 질문들이 쏟아지고 있어
어둠보다 깊은 눈길 위에 고독이
침묵의 신전을 세우고 있어

오늘 밤 흰토끼는 안전해
그런데
나는 누가 그리다 만 얼룩인 걸까

레고랜드의 상속자들

아홉 자식을 두었지만 그는 한동네 아낙과
배를 맞추어 성이 다른 아들을 낳았다
아들은 배다른 형제들과 뒤섞여 잘 자랐다
마을 뒷산의 조릿대들만 근질근질한 입을 단속하느라
북서풍이 불 때마다 생목이 말랐다

아들이 자라 그와 담벼락 하나 사이에 두고
가계를 세우고 자식을 낳았다
허리 힘 좋은 적자를 두었기에 그는
사흘이 멀다고 뒤주 바닥이 긁혀도
명주저고리 차려 입고 장 구경만 다녔다
장죽에 연초를 갈아 끼우며
적자의 등골을 빼먹었다

가끔씩 아들네 집의 온기가 궁금해지면
고샅에 나가 뒷집 처마에 걸리는
저녁연기를 장죽으로 빨아들였다
그러다가 풍 맞은 여편네가 삐뚤어진 입으로

시커멓게 멍든 문장을 각혈처럼 쏟아 내는 날이면
자식이 고구마줄기처럼 매달린 적자를
툇마루 밑에 꿇어앉히고 장죽을 휘둘러 댔다

그가 적자의 못 박힌 등을 두드릴 때면
진양조로 흐르던 그 집의 가락이
전조도 없이 중중모리 휘모리로 몰아쳐 갔다
그런 날이면 닭장에서 까닭 없이 병아리가 죽어 나가고
암탉들은 더 이상 알을 품지 않았다

그가 기울어진 서까래들의 음률을 조율할 때마다
울안의 과실나무들이 하나둘 쓰러져 가고
늙은 감나무는 드물게 맺힌 열매마저 토해 버렸다
마른버짐 번진 복숭아나무는 진딧물들의 안식처가 되
었지만
바닥에 떨어진 감나무 배꼽들은
탯자리를 잃어버린 채 돌부리 사이를 뒹굴었다

늦가을 저녁을 잠시나마 풍요로 감싸던 뒤란의 호두나
무마저 베어졌을 때
  그 집은 호두나무집이라는, 단단한, 생의, 마지막, 껍질,
마저 벗어던져야 했다

  그가 죽었다
  자신의 기둥만 사랑했던 아버지가 갔다
  문상객들로 그의 집 처마가 사나흘 들썩거렸으나
  아들은 아버지의 죽음을 슬퍼하지 않았다
  이상하리만치 짝짝 붙는 운수를 신통해하며
  아버지의 마지막 온기 서린 사랑채에서
  입꼬리 단속하며 화투패를 돌리느라 분주할 따름이었다

* 본래 레고(LEGODT)는 '재미있게 놀다'라는 뜻의 덴마크어로, 이를 줄여 레
  고(LEGO)라 부른다. 라틴어로는 '나는 모은다' 혹은 '나는 조립한다'라는 뜻
  이다.

3부

몰골법

만약 점자로 서로를 읽어야 한다면 우리는
사랑이라는 단어 앞에서 쩔쩔매다가
밤새도록 사랑의 무늬만 더듬다가 아침을 맞을지 몰라

옛날 중국 사람들은 코끼리뼈를 보고
코끼리의 모습을 상상했다지
그들에게는 뼈대라도 있었지만
서로에 대한 인상만 남아 있는 우리는
오늘 밤 또 어떤 자세로 잠들어야 할까

누군가에겐 촉으로 다가오는
윤곽을 그릴 수 없는 언어
어제는 기억이었다가 오늘은 망각이 되는
요철(凹凸)만 있는 침묵의 진경

껍데기를 벗은 몰골의 나와 당신
온전히 나일 수도 당신일 수도 없는

관계는 영원히 연습만 있는 어떤 시도들
수없이 자리를 바꾸다가
어느 순간 골똘해지는

그러나 사랑하지 않을 수 없는
검게 구멍 뚫린 얼굴들

봄날의 표정

남편이 출근한 뒤 초인종이 울린다
집배원이 서류봉투를 들고 남편을 찾는다
내가 대신 받겠다고 했지만
특별송달물은 단호하다

(배우자에게는 주지 마십시오)

귓불이 얇은 남편이 몇 번인가 몰래 쌓아 둔 빚을 들
키던 때가 있었지 출산일은 다가오고 뱃속 아이는 거꾸
로 섰는데 월급을 차압당해 배냇저고리도 못 사고 동동
거릴 때, 저축은행들이 줄도산하던 때 날아든 내용증명
은 마이너스통장의 앞자리 단위를 바꿔 놓았지

오늘 또 느닷없이 들이닥친 폭풍
나는 만져 보지도 못하는
저 서류봉투 속 사건은
어떤 표정으로 나를 기다리고 있을까

풍경의 그늘
—거머리와 함께 여행하는 법 5

남편은 회사에 출근하고 아이들은 유치원에 등원하고
나는 어두운 거실에 남아 텔레비전을 본다
지상파 3사의 아침 드라마를 순례하고
케이블 채널 들락거리며 한물간 막장 드라마를 다시
본다
세월이 흘러도 변하지 않는 홈드라마의 문법에 코웃음
이 나지만
점심때까지는 소파를 지켜 낼 것이다

사진 속에서 우리는 언제나 웃고 있지

이 먼 길을 오려고 털레털레 걸어왔던가
플러스와 마이너스 기호 사이에서 종종걸음 쳤던가
광고주들 앞에서 프레젠테이션을 할 때는
스티브 잡스도 부럽지 않았던 내가
잡지 매대에서 내가 쓴 칼럼들을 뒤적일 때는
풀리처상 수상자도 부럽지 않았던 내가

멀찌감치 떨어져 있을 때만 아름답던 음소거의 풍경

시곗바늘이 자정을 가리키면 좋겠어, 아니 시계 따위
는 이 세상에서 없어져 버리면 좋겠어, 비가 내렸으면 좋
겠어, 나의 게으른 소파 위로, 밥그릇에 말라붙은 점액
질의 통증 위로, 시원한 소나기 한바탕 쏟아졌으면 좋겠
어, 내 몸속, 내 모든 신경세포들과 정오의 뼛속까지 흠
뻑 적셨으면 좋겠어,

온종일 햇빛 한 줌 들지 않는 막다른 계절의 골목에서

불 꺼진 브라운관에 떠 있는 얼굴 하나
리모컨을 손에 든 채 입꼬리를 올려 본다
언제쯤 버릴 수 있을까
폐허 속에서도 웃음을 연기하는
습관의 잔상

모두 같은 표정으로 웃고 있는 플라스틱 해바라기들

초대

엄마는 딸을 낳길 원했어?
미미인형의 금발머리를 싹둑 잘라
처키의 신부로 만들어 놓은 아이가
나에게 묻는다

시골버스 손잡이에 매달려 가는
얼굴이 까만 단발머리 계집애가
지나온 반생 동안
덜컹거리는 창밖만 바라본 아이가
팔순의 노모에게 묻는다

엄마는 딸을 낳길 원했나요?
후박나무 껍질보다 질긴 이름
족보에도 오르지 않을 미망은
당신의 작은 몸 어디에 고여 있었나요

어쩌면 이건 사과의 문제일지 몰라요

껍질을 깎아 낸다고
사과에게 미안해할 건 없지요
동심원을 그리다 사라진 푸른 껍질에게도
둥근 씨방의 기억은 남아 있으니

어느새 가면과 가명을 구분하게 된 아이에게
막막한 우주를 떠돌다가 온 힘을 다해
먼지 덩어리 속에 둥지를 튼 아이에게
그래, 라고 나는 전해 준다

어미에게 칼날을 들이댔던 아이는
껍데기뿐인 어미를 또 파먹고
어느 날 불쑥, 내 꿈속에 들어온 아이는
똑 똑,
칼끝으로 전하는 경쾌한 노크도 없이
가위 끝으로 내 심장을 겨누고

가족음악회

아버지는 자꾸만 몸이 가려워요
온몸이 안 아픈 곳이 없다고 악을 악을 써요
그럴 때마다 나는 아버지 등에서 붉은 거머리를 뜯어
요
이제 다 낳았다고 아버지 머리를 쓰다듬어요
악머구리 혼자 어둠을 건너는 새벽 세 시 반
부엌에서 끼익, 안방 쿵, 관 뚜껑 닫히는 소리가 나요

날마다 내 목구멍에는 간유리가 깔려요
손가락을 넣어 헛구역질을 해도
목젖에 달라붙은 고름은 떨어지지 않아요
그런 날이면 목이 터져라 노랠 부르고 싶어요
그러나 목울대를 치고 올라온 소리는 노래가 되지 못
하죠
마당가에서 꺼억 꺼어억 까마귀만 울다 가네요

아침마다 어머니는 다듬잇방망이로 통북어를 사정없
이 후려쳐요

나의 등줄기에 거스러미를 만들던 소리
내 귓가에 달라붙어 세뇨표를 그리던 그 소리

　　여보, 나는 지금 죽으면 너무 억울해.
　　아버지, 저 좀 그만 놓아주세요!
　　얘야, 어서 일어나라! 니 아부지 똥 쌌다.

갈릴레오 갈릴레오 여보, 나는 억울해.
　얘야, 니 아부지 똥 쌌다. **갈릴레오 피가로** 여보, 얘
야, 여보, 얘야, 여보, 얘야······

이제 제발 그만들 하세요!
나는 두 개의 입을 향해 방아쇠를 당긴다
　탕!　　**갈릴레오 갈릴레오**
　　　　　　　갈릴레오 피가로　　　　탕!
아까징끼도 없는 가계에 울려 퍼지는 우울한 랩소디

아무것도 필요 없어, 아무것도 필요 없어, 내겐.

그래도 바람은 불지*

* 퀸, 〈보헤미안 랩소디〉.

대야미에서

졸다가 환승역을 놓쳤다

철로 건너편에 섰을 때는
백 년 동안 어둠뿐이던
마을에 봄이 찾아들고 있었다

검은 눈망울 씀벅이는 햇살 속에
옷깃에 여며 두었던 당신을 풀어놓았다
산언덕 아래로 벚꽃잎들이 흩어져 갔다

눈꺼풀 위에 내려앉은 당신이 달아날까 봐
눈을 감은 채 대야미를 떠나왔다

여름이 올 때까지 황사가 계속되었다

애창곡

저기, 누가 속울음을 흘리고 갔나
길바닥에 흩뿌려진 토사물 위에 비가 내리네
한동안 누군가의 뱃속에 머물렀던 위안의 말들
목울대를 뜨겁게 했던 노래들 빗물에 젖네

홀로 밤길을 걸으며 노래 부르는 아이가 있네
이를 닦으면서도 흥얼거리고 칭얼대는 아이 곁에서
개수대에 쌓인 그릇들처럼 달그락거리는 노래
가슴 답답한 날이면 목이 터져라 부르고 싶은 노래
수천수만 번 쇠못을 삼켜야 소리가 되는 울음

노래는 나의 중력
너를 움켜쥔 채 나는 살아가네

빗속에서 떨고 있는 내 가여운 애인아
내 몸에 스며든 우울한 음조들은
어쩌면 당신이 물려준 건지 몰라

지친 내 어깨를 두드리다가, 얼굴을 쓰다듬다가,
서둘러 새벽하늘을 끌어당기는 빗방울들

당신은 사라지고 나는
허공에 비끄러맨 맥놀이를 듣네
길고 긴 떨림만 남은 계면조
그 여음 읊조리며 오늘을 사네

밤사이 빗물에 쓸려 가다
새벽녘에 아스팔트를 베고 눕는다

하수도 근처,
허옇게 뒤집힌 압정 몇 개

말없이 거미를 바라보게 되는*

오후 네 시면 찾아오는 두통
시계를 볼 것도 없어
오르골은 언제나 같은 노래만 부르거든
백일 지난 아이가 바라보는 시야의 넓이만큼
끙끙거리며 몸을 뒤집어 내려다보는 바닥의 깊이만큼
나는 꼭 그만큼만 살고 있는 것 같아

반짝반짝 작은 별 아름답게 비치네
동쪽하늘에서도 서쪽하늘에서도

아가야, 저기 좀 봐!
하늘에 알록달록한 별들이 떠 있네
사자, 토끼, 코끼리, 강아지, 고양이가
둥글게 둥글게 돌아가며 노래를 부르네

반짝반짝 작은 별
아 름 답 게   비   치   네

모빌이 멈춘다
오르골에 매달린 줄을 잡으려 버둥거리는 아이
침이 턱까지 흘러내린다, 주르르르

현기증이 밀려든다, 굳어 버린
내 입술은 파열음 하나 내지 못한다

밖으로 나오기 위해 문만 바라보았다
내가 있는 곳이 세상 밖인 줄 모르고

• 체로키족은 6월을 '말없이 거미를 바라보는 달'이라 부른다.

뺄셈의 공식
―거머리와 함께 여행하는 법 6

시 쓰고 강의 좀 하는 게 무슨 벼슬이라고
함께 사는 시어머니께도
초등학교에 들어가는 아이에게도
날마다 좁은 거실에서 새우잠을 자는 남편에게도
잣나무 가지들이 손짓하는 나의 창과 낡은 책상과 다
섯 개의 책장, 김치냉장고, 빨래건조대, 이동식 옷걸이,
제습기, 그리고 남편의 자전거가 있는 작은 방만은 내주
지 않았다

코스닥이 2000을 찍어도 주식이라곤 밥밖에 몰랐다
개미 허리에 걸리는 그늘인 듯 마이너스통장에서
줄어드는 숫자만 바라보고 살았지
그런데 어디서 그런 용기가 솟아났을까
오늘, 시계를 세 번 넘어가 아이 방 하나에
오지 않은 생 십 년쯤 저당 잡히고 왔는데

잠든 줄 알았던 아이가 어깨를 들썩이는 밤
제 마음에 쏙 드는 모델하우스의 침대 때문에

한사코 B타입을 고집하던 아이가
속울음 꺼내 베갯잇을 적시는 방

울음 끝이 긴 아이와 바라보는 야광별 사이로
내가 21층 난간을 걸어가는 밤
행갈이 못한 시들, 귀퉁이 접힌 책들, 손때 묻은 세간
들을 헤치며
지구와 화성 사이를 떠다니는 아이의 방

잠든 아이 곁에서 듣는 십 년 뒤의 기적 소리
아이 얼굴 쳐다보고 2026년에 개통된다는 전철 한 번
생각하고
전철의 꼬리에 매달려 올지 모를 프리미엄을 생각하고

그러다가
배알에서 가장 가까운 갈비뼈 두 대쯤
언제든 내놓을 수 있어,
어금니 꽉 깨무는

된서리

밤새 야근을 하고

집으로 돌아가고 있었습니다

따뜻한 두유 하나

빈 주머니에 넣고 터덜터덜 걷다가

꼭지째 떨어진 열매 하나를 밟았습니다

신발 바닥에 으깨진

단단한 알맹이가 저만치 굴러갑니다

노랗게 뭉크러진 속살이

곰지락곰지락 구린내를 피워 올립니다

문득, 고개를 들어

아침이 오는 길목을 바라봅니다

집 앞 은행나무가 환합니다

어젯밤 큰 도둑이 다녀간 모양입니다

악어 길들이기
—거머리와 함께 여행하는 법 7

출근길
버스 뒷좌석에 앉아 손톱을 깎는다
핸드백을 벌려
웃자란 생장점을 받아 낸다

자하문고개를 막 넘어섰는데
갑자기 승용차가 길을 막아선다

나는 반쯤 일으켜진다
털썩, 바닥에

내동댕이쳐진다
놀란 손이 손톱깎이를 놓친다

하늘로 떠오르기도 전에
손끝에서 저무는 열 개의 초승달

입 큰 짐승의 송곳니가 되어 가는

우습지 않아도 웃고
먹이 앞에선 눈물부터 흘리는

모빌리코르푸스*

볼에서 이마로 코에서 눈두덩으로
쪽쪽 소리를 내며 숨소리 하나 건너온다
잠들기 전 아이가 내 얼굴에 뽀뽀를 한다

아이의 입술이 마지막으로 내 입술에 닿는다
아이는 드라마 속 연인들이 그랬던 것처럼
나와 길고 오랜 입맞춤을 하고 싶어 한다

입술과 입술이 맞닿는 느낌
여명 같기도 하고 황혼 같기도 한
녘이라 불러도 좋을 시간의 주름
낮과 밤 사이에서 서성거리는
그러다가 쓰윽, 한 사람의 가슴을 베기도 하는

입술은 몸에 새겨진 어둠의 지층
당신을 향해 열린 근원적인 가장자리
입맞춤은 기억을 이동시키는 주문
나의 과거와 너의 미래가 미끄러지는 지금 여기

아이가 잠들자 방 안이 조금 환해진다

어항 속에서 출렁거리는 말풍선들
금붕어 두 마리가 심연을 그리며 밤을 건너간다

* mobilicorpus: mobilis(움직이다)와 corpus(몸)의 합성어. 『해리 포터』 시리
  즈에서는 사람이나 사물을 이동시키는 주문으로 사용되었다.

오토리버스

내가 연주할 음악은 동기조차 확인할 수 없는 한 쪽짜리 소품 마디 줄도 없고 박자 표시도 없다 이 음악의 유일한 연주자인 나는 콩나물대가리들이 가리키는 대로 식구들의 배꼽시계가 지휘하는 대로 냄비 뚜껑을 들썩이게 하고 나무 도마를 두드려 대면 그뿐

어느 틈새로 솟아 나왔을까 아이는 어느새 내 유두를 잘근잘근 씹으며 젖을 빨고 옷 투정을 하며 학교에 다니고 그사이 남편은 상사 얼굴에 사표를 던지고 직장을 바꾼 뒤에는 대리기사와 함께 퇴근을 하고 그러다가 소파와 깊은 사랑에 빠지고 그사이 나는 목구멍으로 잔반을 처리하는 새로운 취미를 발견하고 벼룩시장을 열독하며 파트타임 일자리를 뒤적이고 그러다가 어느 순간 약봉지를 끌어안고 사는 어머니가 돈 덩어리로 보이고

연주를 계속하기도 악보를 포기하기도 힘들다 악보를 완전하게 암기할 수도 완벽하게 연주할 수도 없다 그러나 밥때가 되면 식칼과 국자를 들고 있는 나! 알리바이

도 없이 보고 있어도 믿을 수 없는

속도의 오르가슴

가드레일을 넘어선다
털들이 일어서는 방향으로 걸음을 옮긴다
굳은살에 온몸을 실어 결정적 순간을 포착한다

속도에 굶주린 맹수들이 섬광을 번뜩이며 달려온다

나는 달린다
　　　나는 도로를 가로지른다

　　　　　　순간적으로
날아오른다,　　나는

　　　보이지 않는 바닥
　　　끌어당긴다, 나는
　　　결코 봉합되지 않을 황홀을

부러진 앞발로 헐떡이는 숨통을 누르며
나는 기도한다

오늘이라는 날보다 꼭 하루만 더 살 수 있다면

그러나 나의 선택에 후회는 없다
나는 죽을 수 있는 능력을 확인하고 싶었을 뿐

저기, 두 번째 로드킬의 주인공이 달려온다
경적도 없이 그림자도 없이 빛이 질주하고 있다

횡단한다, 나는
            저   아찔한

                        거리를
                            속도를

껍질

언제나 플러그가 꽂혀 있는 무선청소기
온종일 전기를 마셔도 정작 실전에선
삼 분도 못 버티고 신음을 토하지
하루하루 소멸을 삼키는 늙은 고양이
무선청소기 속엔 시간의 지층이 있지
몸을 떠난 머리카락들 하나둘 거두어
똬리 틀 듯 켜켜이 사려 놓은 것은
머리카락 사이를 떠도는 먼지들이라네
밤이 되면 그 하얀 먼지들 별처럼 빛나지
검은 머리카락들은 거대한 은하계가 된다네
무선청소기는 우주를 품은 별들의 자궁
늙은 고양이가 가르릉가르릉 신호를 보내면
온 우주가 운행을 멈추고 귀를 기울이지
윙윙거리던 진동이 멎는 그 순간
우주의 심연을 뚫고 어린 별들이 깨어난다네
그런 밤이면 많은 별들이 한쪽으로 쏟아지곤 했지
사람들은 유성이라 불렀지만 나는 알고 있었네
그것이 어린 별들을 품었던 둥근 껍질이라는 걸

오늘 늙은 고양이의 도시엔 불빛들 흥건하고
멍울진 빛의 무덤가에서 올려다본 하늘엔
별들의 주검 아슴아슴 반짝이고 있네
나 이제 목울대 치밀던 뜨거운 욕망을 벗네
새하얀 먼지 되어 새벽까지 그리운 별들 앞에 서네

4부

프롤로그
—거머리와 함께 여행하는 법 1

산행은 바닥에서 시작되었다

풀숲에 매복해 있다가
소나기 한차례 지나고 나면
재바르게 이동하는 보이지 않는 어둠
혈관 속을 파고들며 온몸을
잠식해 가는 불안이라는 이름의 더듬이

걸을 때마다 발바닥에 생활이 달라붙었다

그래도 앞만 보고 걸어갔다
눈물을 흘릴 수도 없었다
제물로 바쳐진 뜨거운 피로
침묵의 카니발을 끝내기 전까지는

트래킹 마지막 날
젖은 길의 보폭을 재며 성큼성큼 다가오는
눈먼 독수리의 심장 소리를 들었다

아주 잠깐,
히말라야의 설산이 보였다 사라졌다

그날 베이스캠프에는 눈이 내렸고
산중에는 물봉선이 흐드러졌다
로지에서 만난 검은 물소의 눈시울에도
안나푸르나가 매달려 있었다

락앤락

찰칵 찰칵 두 개의 열쇠가 현관문을 열고 집 안에 들
어선다 락앤락, 여긴 네모난 무덤 속이야 파리한 형광등
불빛 아래서 침묵이 눈을 비빈다 방문을 열고 들어가 장
롱 문을 연다 락앤락, 여긴 네모난 나무 관이야 온종일
죽음처럼 무료했던 옷들이 지친 몸을 갈아입는다 냉기
를 품느라 가끔씩 이 앓는 소리를 내는 냉장고 문을 열
고 물고기가 그려진 신선칸 문을 연다 락앤락, 여긴 네
모난 지하 석실이야 유효기간 동안 부패를 연장하는 곳
이지 저건 무얼까 네모난 상자 속에서 숨통이 졸린 대파
와 속살까지 흐물흐물한 풋고추들 그 와중에 새파란 싹
을 밀어 올린 알감자 두 개와 마늘의 아린 독기 뚫고 피
어난 하얀 곰팡이꽃이라니 락앤락, 저 플라스틱 상자들
은 부패를 완벽하게 은닉하지 곪아 터져도 썩어 문드러
져도 절대 냄새를 흘리지 않아 빈틈을 보이지 않는 완전
밀폐된 의뭉스런 상자들 락앤락, 하루에도 수십 번 나는
그 상자들 속을 드나들지 두 번에 잠그고 두 번에 열리
는 열림과 닫힘의 경계 그 속에 살고 있는 비린내 나는
날것들의 비밀스러운 행동을 암행하러

집

당신이 어두운 굴속의 짐승처럼
깊은 잠에 빠졌을 때, 나는 당신 등의
온기를 떠올리며 몸을 일으킨다
아침 일찍 집을 나서야 하는데
자정 넘어 눈발은 더욱 거세지고
온밤 내 어둠을 덮으려는 듯 하얗게
하얗게 소낙눈은 밀려오고

시간을 구부릴 수 있다면
불안을 달래기 위해 손끝으로
연달아 넘겨 보는 책장들
시인의 말에서 읽기를
멈춰 버린 어느 시집의 모서리

영문도 모른 채 속내를 들켜 버린
행간 사이에 고여 있던 아직
노래가 되지 못한 이야기들
허공 속을 표류하는 눈발 사이로

당신의 입김인 듯 성긴
슬픔이 창문을 두드리다
멀어져 간다

이불을 차 내버린 채
누에고치처럼 웅크린 당신의 등허리를
몰래 쓸어 보던 날들이 있었지
잠들기 전까지는 다정해도
모로 누워야만 잠이 들던 사람아
이제는 삼인칭이 되어 버린
기억 속에서만 거스러미로 만져지는

기린

백팩을 멘 어깨가 좁은 남자가
창문에 떠오른 환영을 멍하니 바라볼 때
그가 빈자리 앞에서 머뭇거리자 얼굴이 긴
애인이 남자의 어깨를 눌러 앉힐 때

기린은 바닥에 앉기 힘들어
서서 먹고 서서 사랑하고 서서 자고

남자는 앉아 있어도 눈을 감지 못해
애인의 올 풀린 검정 스타킹을 바라보고
휴대폰을 들여다보는 사람들 사이에서
손가락 끝으로 덜컹,
덜컥, 다가오는
바닥의 떨림 끌어모으고

기린은 물 마시기 힘들어
앞다리 한껏 벌리고 긴 목 구부려 삼각뿔을 만들고

뿔테 안경 너머에서 파르르 떨리다가
아주 잠깐 닫혔다 열리는 눈꺼풀
들창 두 개가 떠받치고 있는 하루치의 어둠

기린은 잠들기도 힘들어
초승달 한입 베어 물고 먼 하늘 보다가
울대에 차오른 목소리 허공에 풀어놓다가
심장 밑바닥에서 밀려 나오는
허밍 같은 울음을 울고

고독은 눈을 감아도
숨길 수 없는 속눈썹의 일이라는 듯

슬픈 역광
—서대문형무소역사관에서

회랑의 시작과 끝에 문이 있다
빛이 있는 곳이 출구지만
저 빛은 결코 은유적이지 않다
직선원근법의 끝에서 소실점으로 존재할 뿐

오르막길에서는 경사면의 각을 재지 말아야 했다
불안이 목젖까지 차올라도 바닥만 보고 걸어야 했다
진흙발로 끌고 온 바닥없는 진실
날마다 스카이라인을 바꾸는 오만과 거짓의 마천루
그것이 불가능의 몫이라면 허방 위에 지은
길 위의 집들은 일찌감치 씽크홀에 처박아야 했다

누군가 내 뒤를 바싹 쫓고 있네
스모그 속에 잠긴 검은 신들의 웃음소리
식어 가는 내 심장을 다시 뛰게 하는
보이지 않는 손의 기척
언제든 내 목덜미를 잡아챌 수 있는

빛은 죽음과 맞닥뜨린 순간에만 살아 있다
반영 없는 되새김
오직 사물을 향해 열려 있는
가시철망 속 거세된 수소의 시선

Time in a Bottle
병 속에 갇힌 알비노의 시간
비린내가 그려 내는 얼룩의 가장자리

이제 돌아가야 하네
소비가 존재를 증명하는 나의 아름다운 외계로
자신의 영혼을 압력솥에 넣은 채
애끓는 소리를 끌어모으고 있는
치매 환자의 그늘 없는 눈동자 속으로

봄날의 식사처럼

나의 소망은 단지 내가 방랑하는 아름다운
모습으로 나에게 마주 걸어오는 것을
실제로 한 번 보는 것이다. —괴테

네 개의 의자가 놓인 테이블에서
나와 당신은 사선으로 마주 앉아 있었지요
나도 당신도 순두부찌개를 주문했고요

나는 밥 한 숟가락에 찌개를 두 번씩 떠먹고
당신은 찌개를 밥그릇에 올려 비벼 먹고 있었지요
오후 두 시를 훌쩍 넘긴 시간이었지만 나와 당신의
수저는 느리게만 움직였어요

검은 뚝배기 속에 엉겨 있는 하얀
그늘을 다 퍼내야 한다는 듯이
골똘하게 움직이는 숟가락 사이로
슬쩍슬쩍 서로의 밥그릇을 확인했던가요

누군가 먼저 일어나 버리면 사선으로

버티고 선 일 미터의 긴장이 무너질까 봐
서로의 팔꿈치로 테이블 모서리를 고정시킨 채
폭설이 쏟아지는 휴게소의 오후를 붙들고 있었던가요

그 순간 나는 더 이상
아무것도 걱정하지 않기로 했어요
귀가라는 쓸쓸한 어둠에 대해서도 말이지요
오늘만큼은 삶 전체가 얼룩 하나 없이
새하얀 무늬로 덮일 것만 같은 어떤 동경 혹은
영원히 끝나지 않을 단 하나의
고투에 대해서만 생각하기로 했지요

그래요 고통이 무료함을 떠밀어 가듯
그 순간만큼은 당신과 나의 발들이
지상에 뿌리박힌 활엽수처럼 고독해 보였어요
그래도 우리에겐 힘이 남아 있었지요
부드러움 속에 뜨거움을 숨긴 그날의 메뉴처럼

도무지 식욕이 일지 않는 봄날의 식사처럼
느리게만 움직이던 당신의 숟가락질을 기억해요
나는 당신의 더딘 리듬에 발맞추느라
허물이 벗겨진 입천장으로 콩자반을
하나씩 씹고 또 씹고 있었지요

그날 당신은 무슨 일로 눈길을 헤치고 왔을까요
무슨 다급한 볼일이 있어
대설주의보를 뚫고 달려와
내 앞에 그리 오래 앉아 있다 간 걸까요
고속도로에서 연쇄추돌사고가 발생한 그 시간

숨은 꽃

숨이란 말 참 좋더라
그렇게 따스울 수 없더라
후우 하고 내뱉고 나면
가슴속까지 편안해지는 말
콧구멍 간질이며 온몸을 덥히는 말
그러나 바닥까지 내려놓으면
돌멩이처럼 싸늘해지는 말

산다는 건
누구나 자기 몫의 어둠을 길들이는 일
슬픔의 모서리를 숨통처럼 둥글게
둥글게 깎아 내는 일
몸속을 돌아 나온 더운 피로
숨결인 듯 눈물인 듯
붉은 꽃을 피우는 일

풍등

계수나무 아래서 운다
삭발한 여자가
아니, 웃는다 그 여자
갓 쪄낸 송편처럼 김이 모락모락
피어오르는 달을 바라보며
꽃송이 몇 개로 여름밤을 제압해 버린
백합꽃 향기에 취해
눈물 한 방울 흘리지 않고
날마다 제 그늘을 지고 가는
달처럼 웃는다

보이는 것은 오직 달빛뿐인 그 여자
눈금이 맞지 않는 줄자를 들고
한쪽 눈을 찡그린 채 달의 반대편을 지나온 여자
오늘 또 하루를 살아 냈다고 밤하늘에
뭉클뭉클 젖내를 흘리며 우는 그 여자

발끝으로 움켜쥔 자정의 모서리를 끌고

절룩거리며 자오선을 넘어가는가
억새 잎사귀를 흔들던 바람이 서걱서걱
그 여자의 민머리를 쓸어 본다
영원의 입맞춤인 듯 더 이상
뒤돌아보지 않을 불행과 인사하듯

계수나무 아래 한 여자가 있다
심장의 고동이 너무 가까워
오늘 밤 잠들지 못하는 여자
다시 올지 모를 6월 밤의 적막과
헛웃음 뒤에 찾아오는 외로움을 껴안고
잘라 낸 왼쪽 가슴을 부풀리듯
어둠의 크레이터를 키우는 여자
계수나무 아래 서 있는
그 여자 풍등
같은

소리굽쇠의 공진

한 남자가 내 가슴을 밟고 지나간다

화장실 문이 열린다, 연거푸 속을 비워 낸다
목울대에서 게워 낸 첫 울음이
신물 고인 남자의 뱃속을 들추고
심장 밑에서 끌려 나온 두 번째 울음이
남자의 입가에 점액질의 고드름을 매단다

잔업 마치고 오다가 삼거리포차에서 만났을까
소주병 말아 쥔 채 졸고 있는 코끼리 한 마리
그 코끼리 금 간 플라스틱 의자에 걸터앉아
무채색의 하루를 박음질할 때 그도 보았을까
둥근 발바닥 가득 번져 가는 검은 각질의 고독을
 그래서 오늘은 인기척 없는 집에 더 큰 공명음을 만들
고 싶었을까
 무리를 이끌고 습지를 찾아 나서는 대장 코끼리처럼

 웬일인지 천장이 고요하다

물 내리는 걸 잊은 걸까
변기를 붙잡고 잠들어 버린 건 아닐까
브래지어 밑을 파고드는 손길을 뒤로한 채
내 귀가 윗집 남자에게 추파를 던지는 밤

지금쯤 캘리포니아 해안에 닿았을까
코끼리 발목을 가진 그 남자
발바닥에 커다란 울음주머니를 매달고
날마다 북회귀선의 적막을 뚫고 날아가는
콧등이 빨간 쇠기러기 한 마리

파란 대문

신축 아파트에 둘러싸인 누옥들
지붕을 포기할 수 없는 속내는
제가끔 낮의 지층 사이에 껴묻었지만
밤이 되면 처마 밑으로 젖은 발 내미는 숨골들

당신은 내 몸에 차오르는 고통
나는 들숨이 빠져나간 하현

당신과 나 사이에
바람이 넘기다 만 달력이 있다
철거라는 붉은 두 글자를
올려다보는 깨진 유리 조각이 있다

매일 밤
나는 악몽 속에서 민달팽이가 되어 가고
당신은 몽정 속에서 고양이 울음을 운다
불이 켜지는 순간 찡그린 자세로
서로의 닮은 눈매를 확인하는 우리는

가로등 불빛이 꺼진다
재개발예정지구에 또 한 겹 어둠이 내려앉는다
자물쇠 굳게 잠긴 파란 대문에 새벽이 찾아온다
나는 당신과 어둠 사이에 갇힌다

그럼에도 불구하고

돌패기 살던 강태 엄마
남편 죽은 뒤 커다란 양은대야 이고
이 동네 저 동네 쏘다니던 여자
마을 어귀에 들어서면
동네 개들이 먼저 반기던

가끔은 강태 엄마가 우리 집에서
늦은 허기를 달래기도 했지
그럴 때면 나는 마루 끝에 쪼그려 앉아
숨 끊어진 지 오래인 생선들을
가자미눈으로 흘겨보곤 했지
그녀가 쥔 숟가락에
그녀가 걸터앉은 마룻바닥에
양은대야를 내려놓은 섬돌에
고약한 비린내 옮겨 붙을까 봐

살다가 살다가 어느 날에는
비린내에 젖은 영혼도 가벼워질 수 있을까

130

할 말이 너무 많았거나
말조차 꺼낼 수 없었던 이야기들
말줄임표 뒤에 남겨진 알 수 없는 이야기들도

강태가 죽었다는 때늦은 부고가
십여 년이 지나 도착한 밤
콧잔등 씰룩거리며
손끝에 남아 있는 비린내를
남몰래 맡아 보는 밤

모독

1.
태어남이 내겐 모독이었다

종갓집에 시집와 내리
딸 다섯을 낳은 어머니
서른 넘어 두 아들 얻었건만
왜 또다시 탯줄을 잘라야 했을까

갑인년에 태어난 계집아이
풍 맞은 손 부들거리며
강보에 싸인 나를 떠밀던 할머니
그날 탯줄을 묻으러 나간 아버지는
하루 종일 어디에 계셨을까

몇 개의 삽화로
짜깁기해 보는
내 생애 최초의 호흡

2.

저는 꼭 인문계 고등학교에 갈 거예요
나는 더 이상 기력이 없구나
등짝을 후려치는 강파른 목소리
울음 끝을 삼키며 아버지를 불렀으나
그곳에 아버지는 없었다
칠순을 바라보는 노인이 있을 뿐

타자기와 주판이 지겨워
삼 년 내내 휘파람만 불었다
공부는 안 하니?
윗동네 경숙이는 은행에 들어갔다더라
어차피 대학도 못 가는데요 뭘

3.

주민등록증이 나오던 봄날, 나는
보험회사 창구에 앉아 있었다
누군가의 목숨과 맞바꾼 돈다발로

쥘부채를 만들었다

시퍼런 부챗살을 비집고 나온
구리고 뜨거운 바람
씻어도 씻어도 사라지지 않던
환장할 단내

시도 때도 없이 커피를 타게 하던
상사의 입김과
미성년자의 손목을 움켜쥐고
천연덕스레 카바레로 향하던
회식날의 억센 손길

그래도 사십만 원이 어디냐
새벽밥 지어 주며 등 떠밀던 어머니

4.
그 겨울의 랩소디

전주도 없이 곧장 게으른 심장에 꽂히던
엇박자로 시작되는 이율배반의 노래

검은 뿔테 안경을 벗어던지고
코를 서랍 속에 묻어 두고
수천수만 번 다시 태어나고 싶었다
태어남이 나의 경력이 될 때까지

비어 있는 목구멍을 위한 시간

건너편에서 자주 엉덩이 들썩이던
아이가 아니었다면 그냥 지나쳤을지 몰라
낯빛이 붉으락푸르락 부부의 입술은
쉴 새 없이 열렸다 닫히고 있었지

손끝에서 풀려 나와 허공을 휘젓던 말들
리듬이 되려고 하는 어떤 몸짓들
침묵의 높이로 날아오르는 하얀 그림자

소리 없는 언쟁이 비등점까지 끓어오를 때마다
둘 사이에 앉은 아이가 칭얼거리며 추임새를 넣었지
비어 있는 목구멍을 위한
아직 도래하지 않은 몸들의 시간

농아 부부가 양손을 들어 침묵을 지휘할 때
울림 없는 말들이 형광등 불빛
아래 하얗게 부서져 내렸네
내 혀가 닿을 수 없는 고뇌의 높이로

무심코 내뱉은 독기 어린 말들
함부로 시위를 떠났다가
내 몸에 되돌아와 아프게 박히는 밤
그날, 소요산행 마지막 전철은
말없이 깊고 뜨거운 목구멍이었네

만호크레이터*

그것은 다가오는 운명을 피하지 않고
당당히 껴안았던 의지의 흔적
마흔일곱 개의 화약통으로 세상과 맞섰던 생채기
고독이 너무 깊어 어두운 들판에
불꽃의 구덩이로 흩어 놓을 수밖에 없었던
인화되지 않은 흑백의 시간들

달과 운석의 충돌은 우연이 아닐지 몰라
몸은 생존의 조건을 기억하고 있으니
파 모종 사이에 슬쩍 바랭이 씨앗이 끼어들듯이
콩 포기 사이에 우뚝 선 비름이 그러하듯이
그러나 익숙한 세계로의 귀환은 궤도 밖으로의
영원한 추방을 꿈꿀 때 완성되는 것

초음파 탐사선이 달의 표면을 훑고 간다
몇 초도 안 돼 발견되는
검은 구멍들
색깔을 소유할 수 없는 세계 속에

남겨진 어둠의 결절들

나는 지금 로켓이 달린
침대에 누워 발사를 기다린다
얽매임도 망각에 대한 기억도 없는
무한 고독의 세계로 날아오르기 위해

준비는 모두 끝났다
도화선에 불을 붙여라
태양의 흑점을 닮은 나의 유방에

나는 폭발하는 순간의 광휘를 간직한
뜨거운 불꽃이고 싶다
저 광활한 우주가 나를 삼켜 내 영혼이
흔적 없이 사라져 버린다 해도

* 16세기 명나라의 관리 만호는 47개의 로켓이 달린 의자를 타고 우주로 날아
가고자 했다. 그러나 그는 거대한 폭발과 함께 사라져 버렸고 그의 자취는 달
의 반대편에 '만호크레이터'라는 이름으로 남아 있다.

시집

평생토록 책 한 권 읽지 않은 아버지가
서재에서 말년을 보낸다
한 평도 안 되는 독방에 누워 자신이
갈아엎은 경전들을 떠올려 보는 중이다
공맹의 말씀은 주워섬긴 적 없었으나 그의
손길이 머문 곡식들은 무릎이 따뜻했다

낙숫물 소리가 살갗을 파고드는 밤이면
맨발로 기억을 밟고 다니는 사람
발바닥 가득 박혀 있는 유리 파편들이
그의 몸속에서 별빛으로 차오른다

애야, 이곳은 너무 눈부시구나
그가 군데군데 포스트잇을 붙여 놓은
하늘 한 권을 덮는다

빛이 꺼진다

링거 밖으로 쏟아지는 은빛 부스러기들
기억이 내 몸에 주석을 달고 있다

창 너머

담장 너머에서만 아름다웠다
좀벌레와 진딧물의 밥이 된 넝쿨장미의 집은
지나고 나면 모두가 필연이었던 이야기들
습관적으로 시계를 보았지만
나는 시간에 대해 알지 못했지

우연을 가장하기 위해 너는 얼마나
먼 기억을 돌아온 거니
조바심과 불안으로 쌓아 올린
침묵의 벽 앞에서 안간힘으로 슬픔을
견디고 나야 간신히
손끝에 닿던 너의 숨소리
결국은 그리 될 걸 알면서도
서너 걸음 앞서가는 마음의 속도

베란다에 나팔꽃이 피었다
제 속의 비명으로 피워 낸 파란 우주
구부러진 어둠을 등지고

창 너머를 바라본다

너의 숨이 따스하니
나는 아직 심장을 포기할 수 없다

비애의 리듬, 고독의 점묘

최현식(문학평론가, 인하대학교 교수)

어떤 시집이든 누구에게도 양보할 수 없는 언어의 좌표를 (무)의식적으로 설정해 두기 마련이다. 그래야 자신만의 시공간을 과거와 현재와 미래로 기억하고 불러오며 밀어갈 수 있으니까. 휘민의 제2시집 『온전히 나일 수도 당신일 수도』에서 그 좌표를 찾는다면, "그 시간만큼은 영원히 동사일 것 같은 삶이/질 나쁜 형용사 쪽으로 기울기도 했다" (『중력에 대하여─거머리와 함께 여행하는 법 2』) 정도가 될 듯싶다. '동사'라면 움직임, 곧 행위와 실천의 언어이므로 자아의 성숙과 완미를 향해 나아간다. '형용사'라면 느낌, 곧 감각과 정서의 언어이므로 내면의 수렴과 팽창을 최후의 목표로 삼는다. 이러한 두 용언(用言)의 궁극적 지향과 현실적 어긋남을 대조해 보면, 시인의 현재가 주체 개방의 동사에서 추방되어 존재 폐색의 형용사에 긴박된 '멜랑콜리'에서 자유롭지 못한 형편임을 어렵잖게 알게 된다.

그래도 다행인 것은 시인이 삶의 가능성과 역동성에 대해 적대적이며 공격적인 '멜랑콜리'의 본질과 공포를 "습관의 기술"로 지혜롭게 파지하고 있다는 사실이다. '습관'은 부지불식간에 길들여진 버릇인지라 흔히 무의식의 소산으로 간주되곤 한다. 이에 반해 '기술'은 능숙한 솜씨를 넘어 의식의 정련을 함께 거쳐야만 습득되는 매우 의식적인 장인적 실천의 산물에 가깝다. 따라서 '멜랑콜리'를 '습관'으로 본다면 더 나은 삶에의 욕망과 실천은 나날이 축소될 수밖에 없다. '기술'로 본다면 패배와 좌절의 유습(謬習)은 점차 자기의 발견과 갱신에 의해 패퇴할 수밖에 없다.

휘민은 애초에는 시집 제목을 『질 나쁜 형용사 쪽으로』로 잡으려 했던 듯하다. 만약 언어와 감각의 미학에 한껏 몰입하고자 했다면 그 선택은 매우 의외로운 느낌이 없잖다. 하지만 『질 나쁜 형용사 쪽으로』라는 제목은 달큰한 미감 대신 혹독한 환부(患部)로 돌입하려는 자아 투기(投企)의 열렬한 드러냄에 관계되지 않을까. 이에 유의하면서 '습관'과 '기술'의 방향성을 대조해 보면 "질 나쁜 형용사"는 명백하게 아이러니와 역설의 기호이자 담론임이 드러난다. 왜 그런가. 대표적인 경우로, 우리는 휘민의 눈빛과 입술을 통과해 가며 시집 곳곳에서 고흐의 흔적과 숨결을 마주치고 호흡하게 될 것이다. 또 그때마다 고흐의 '멜랑콜리'가 문자 그대로의 "질 나쁜 형용사"에 대한 냉철한 반성과 따스한 치유의 기술로 맹렬하게 투기되고 있음을 엿보게 될 것이다. 과연 고흐는 동생 테오에게 보낸 편지 「새장에 갇힌 새」에서 그 혹독한 자아의 좌절과 광기를 향해 이렇게 적었다. "슬픔 때문에 방황하게 되는 절망적인 멜랑콜리 대신 희망을 갖고 노력하는 멜랑콜리"로 맞서겠다고. 이 반전의 멜랑콜리는 절망의 습관적 부정이 아니라 희망의 어려운 발견을 통해서만 간신히 입체화될 수 있다. 시인의 세계와 자아를 향한 오랜 응시와 관찰은 그래서 필연적이며 또 재귀(再歸)적일 수밖에 없다.

행복,
믿지 않으면 사라져 버리는 불완전한 주문

가족,
서로 다른 종(種)들이 신들의 계보를 훔쳐서 만든
텅 빈 기억의 교차로

기이하고 낯선 언어들, 나와는 다른 세계에 속한 품 넓은 소파와도 같은 그 시간을 나는 오래도록 들여다보고 있다
    ─「습관의 기술─거머리와 함께 여행하는 법 3」 부분

'행복'과 '가족'은 『온전히 나일 수도 당신일 수도』에서 휘민의 깊은 천착과 짙은 회한을 구성하는 핵심어다. 우리

삶의 기초를 이루는 두 개념이 자아의 맹목적 믿음이나 무절제한 추구의 대상이 아니라는 사실은 "불완전한 주문", "텅 빈 기억의 교차로" 같은 부정적 상황에서 쉽게 찾아볼 수 있다. 이 불우한 사태는 '믿음의 부재'와 '정체성의 도용'으로 대변되는 주체와 타자 상호간의 폐색과 단절에서 이미 예견된 것이다. 하지만 시적 화자는 그 부정성, 다시 말해 "나와는 다른 세계에 속한" 그 "기이하고 낯선 언어들"의 시공간을 "오래도록 들여다"봄으로써 어느 순간 균열과 미비로 얼룩진 '행복'과 '가족'을 새로운 '친밀'과 '소통'의 세계로 다시금 불러들인다. 이 긍정적 생활에의 활로는 그러나 따스한 '화해'의 기억과 경험을 서둘러 떠올린 결과물이 아니다. 그보다는 '불화'의 어떤 극점과 현재를 차분하게 호출함으로써 얻어지는, 고통과 슬픔의 역설적인 응축물에 훨씬 가깝다.

> 크기도 모양도 다른 일곱 개의 분침들이 같은 시간을 가리키고 있다
> 쉼 없이 건전지를 갈아 끼우며
> 오늘까지 끌고 온 빛바랜 훈장의 고집
> 구부러지고 휘어진 채 세월의 주낙을 낚아챈 초침들
> 검버섯 속에 그림자를 숨겼을
> 손목에서 미끄러져 시계 너머로 달아났을
>   −「시간을 모으는 사람」 부분

"시간을 모으는" 자들은 '시간의 복수' 앞에 조만간 던져질 자(주체)거나 시간의 복기를 통해 권력의 허구성을 폭로하려는 자(타자)일 가능성이 크다. 아니나 다를까 휘민은 후자의 가면을 쓰고 전자, 곧 '가족의 행복'을 딱딱한 '팔루스(男根)'의 습득물이자 방어물로 제멋대로 편취하는 늙다리 남성−권력의 부정성을 낱낱이 드러내느라 바쁘다. 물론 그 남성들은 '아비'의 모습을 띠는 경우가 많다. 하지만 그 모습은 끔찍한 모더니티에 부응하는 추악한 권력으로 살아남은 한국식 가부장들과 거의 유사하다. 우리들에 의해 지시된 '아비'가 개인을 초과해 집단의 징후적인 사령(邪靈/死靈)의 면면에서 쉽게 벗어날 수 없는 이유인 것이다.

예컨대 가부장적 권력에 어느새 올라앉은 한국의 '아비'들은 "빛바랜 훈장의 고집"을 반성할 줄 모르며, 그 원인을 제공한 "구부러지고 휘어진" 세월에 오히려 당당하고 떳떳하다. 『온전히 나일 수도 당신일 수도』에 따른다면, 대물림된 가부장의 권위는 자신의 무능을 감추고 그 때문에 폭증하는 허세를 더욱 과장하기 위해 "허리 힘 좋은 [노동의—인용자] 적자"를 향해 "장죽을 휘둘러" 대는 기이한 대속(代贖) 행위에만 얼마간 유능했다. "기울어진 서까래들의 음률을 조율"하는 것으로 귀결되는 가산 탕진이나 "진딧물의 안식처"(『레고랜드의 상속자들』)로 썩어 가는 병든 육체가 유희적·즉흥적인 자위행위, 바꿔 말해 성찰과 생산의 기미 없는 '텅 빈 생활'의 결과물인 까닭이 투명하게 드러나는 지점이랄까.

하지만 우리는 '장난감 왕국'의 본질적 문제가 나날이 강고해지는 가부장제의 폭력성과 퇴폐성 정도에서 그치지 않는다는 사실에 더욱 유의해야 한다. '인간적 삶'에의 의지와 욕망을 억압하며 변질시키되, 엄마와 딸 위주로 구성된 '여성-가족'에 대해 피폐와 궁핍의 과녁을 세운다는 점에야말로 우리들 걱정과 두려움의 핵심이 존재한다. 이를테면 '나-딸'은 아버지의 손에 자기 손을 겹쳐 보며 "오늘은 당신과 내가 너무 가까워서 슬프다"라는 회한에 문득 잠긴다. 이 슬픔은 "부풀어 오르고 주저앉기를 반복하는/ 주름 많은" 당신에 대한 '기억'(「점묘」) 때문에 더욱 자심해진다. 그 기억의 곳곳과 겹겹에는 쉼 없이 재생되는 "아까징끼도 없는 가계에 울려 퍼지는 우울한 랩소디"(「가족음악회」), 다시 말해 치유할 길 없는 불협화음의 가족사가 웅크리고 있으므로 '슬픔'은 생의 서러운 감각이 아니라 비극적 본질인 셈이다.

엄마는 날마다 양은냄비를 닦았어요 모지랑 숟가락으로 냄비 바닥을 긁고 철수세미가 끊어질 때까지 시커먼 밑을 문질러 댔어요 그러면 그을음 걷힌 자리에 초승달 하나 떠오르곤 했지요 열아홉에 아홉 남매의 맏이에게 시집와 삼촌들의 코를 닦아 준 엄마, 이십 년 동안 중풍으로 쓰러진 할머니의 밑을 닦아 낸 엄마, 쌀독 바닥을 채우느라 딸들의

초경도 몰랐던 엄마, 날마다 당신의 살을 덜어 내 목청을 키
우던 엄마, 언제나 발가락 사이에 모래알갱이가 버석거리던
                                          -「밑」부분

　'장편소설 몇 편'의 삶은 화자의 엄마에겐 결코 과장이
거나 엄살일 수 없다. "밑"이 드러나고 빠진 그 불행한 삶
의 마디마디는 그러나 '엄마'의 시간으로 멈추지 않는다는
점에서 더욱 비극적이다. 동성인 엄마에게 잊힌, 아니 발
견되지 못한 '나'의 여성성은 또 다른 엄마가 될 미래에도
"창가에는 계절을 잃어버린 나무 한 그루", 바꿔 말해 "플
라스틱 트리"(「플라스틱 트리」)로 사물(事物/死物)화될 수밖
에 없는 곤경에 처한다. 이 불행한 상황의 내면화에 따른
트라우마의 지속적 발현을 엿보고자 한다면 다음 장면을
지나쳐서는 안 된다. 어려서 죽은 '언니'를 자아의 "물거울"
로 삼아 "나는 아직 물속에서 자라는 나무/그러나 아가미
가 없죠"라는 사멸의 주술을 되뇌면서, "가장 먼 길을 돌
아오는 씨앗의 고통으로"(「언니가 두고 간 물거울」) 겨우겨우
살아온 면면을 힘겹게 토로하는 모습 말이다.
　언니의 이른 죽음에 저당 잡힌 '나'의 '트라우마'와 그 정
서적 외현인 '멜랑콜리'는 자기 삶의 기원과 역사를 일체
부인하고픈 병적 악령으로 나날이 악화될 수밖에 없다. 이
를테면 "태어남이 내겐 모독이었다", "수천수만 번 다시 태
어나고 싶었다/태어남이 나의 경력이 될 때까지"(「모독」)라

는 자아 부정과 파괴에의 사로잡힘을 보라. 죽음의 기억과 자아의 부정은 화자의 삶 전반에 걸쳐 이별과 죽음이 자라 왔고 또 자랄 것임을 스스로 암시하고 내면화하는 멜랑콜리를 더욱 심화·확장시키기 마련이다. 그럴수록 삶의 여지는 줄어들고 죽음의 감정은 증폭되는 자기 상실의 일상화는 피할 수 없는 죄와 벌로 누구에게도 양보할 수 없는 생의 의지와 욕망을 함부로 저격하기에 이른다.

우리는 휘민이 첫 시집 『생일 꽃바구니』(2006)에서 한편으로는 '삶의 불꽃인 생명'과 '낡고 오래된 기억'의 충만함을 앙망하면서도 다른 한편으로는 그것을 갉아먹고 파편화하는 차가운 현대성과 문명적 권력의 폭력성을 날카롭게 비평했음을 기억한다. 이에 비춰 본다면 가부장제에 포획된 가족의 아픔과 슬픔, 거기 결부된 자아의 좌절과 우울은 꽤나 사적이며 내성적인 심리적 기제이자 분비물임이 분명해진다. 하지만 이 불우한 환경에야말로 휘민발(發) 역설적 의미의 "습관의 기술"이 제출된 까닭이 존재하는 것인지도 모른다.

적어도 십여 년 이상을, 아니 어쩌면 자아에 예민해지면서부터 존재 상실에 따른 자아의 모독감에 시달리는 한편 그것을 견디고 넘어서기 위한 새로운 탄생에 미학적 삶을 걸어 왔을 것이라는 우리의 짐작과 믿음은 그래서 중요하다. 이에 대한 증례로 우리는, 낱낱이 한 점 한 점 추적할 계제는 못 되지만, 『온전히 나일 수도 당신일 수도』 곳곳이 세계의 허구성과 폭력성 비판에 바쳐진 매체예술의 경험과 그것의 시적 전유로 은밀하고도 강렬하게 꿈틀거리고 있음을 기억하여 마땅하다.

휘민에게 어떤 영화나 드라마, TV 프로그램과 노래 들은 「시인의 말」에 적힌 대로, "삶이 허락한 불안한 휴식"의 일종이자 "체위를 바꾸어도 발기되지 않는 삶의 바깥"을 뜻밖에 경험시키는 미학적 매개체의 일종이다. 『온전히 나일 수도 당신일 수도』에는 "레고랜드", "트리거," "플라스틱 트리", "세렌디피티", "모빌리코르푸스" 같은 매체예술 속 외래어들이 문득문득 출몰한다. 이것들은 그 낯섦과 어려움에 상응하는 정도로 약간의 긍정과 많은 부정의 "시놉시스에도 없던 뜻밖의 선물"(「세렌디피티! 영화는 그렇게 시작되고」)들이 우리 삶과 일상에 어떻게 투척되며 어떻게 폭발하는지를 보여 준다는 점에서 사건적이며 미학적이고, 성찰적이며 저항적이다. 물론 이 "뜻밖의 선물"을 움켜쥐거나 다시 내던지는 '기술'은 습관적으로 부정적 현실에의 직접적인 격투보다는 여성-하위주체로 대표되는 "너무나 많은 빛을 품었지만/온몸이 구멍이었던 당신", 곧 "내 슬픔의 환한 동공"(「밑」)에 대한 미학적 개진을 목표한다는 점에서 타자-지향적인 동시에 주체-재귀적이다.

우연을 가장하기 위해 너는 얼마나
먼 기억을 돌아온 거니

조바심과 불안으로 쌓아 올린
침묵의 벽 앞에서 안간힘으로 슬픔을
견디고 나야 간신히
손끝에 닿던 너의 숨소리
결국은 그리 될 걸 알면서도
서너 걸음 앞서가는 마음의 속도

베란다에 나팔꽃이 피었다
제 속의 비명으로 피워 낸 파란 우주
구부러진 어둠을 등지고
창 너머를 바라본다

－「창 너머」 부분

「창 너머」는, 매체예술에 대한 몰입은 우울한 현실을 벗어나 자기 위안을 구하려는 유희적·도피적 욕망이 아님을 또렷이 보여 준다. '우연의 가장'이니 '먼 기억'으로의 우회니 하는 표현은 "제 속의 비명으로 피워 낸 파란 우주"가 "수천수만 번 다시 태어나고 싶"은, 결여된 삶의 궁극적 목표이자 필연임을 절절히 지시한다. 그것이 생에의 희망적 환부였음은 내향적 주체의 '조바심'과 '불안', '침묵'과 '슬픔'을 첩첩이 두른 "서너 걸음 앞서가는 마음의 속도"에서 확연히 감지된다.

하지만 그 '서너 걸음' 앞선 속도는 자아의 기억과 내면에 결코 지워질 수 없는 '스키드 마크(skid mark)'를 새겼다는 점에서 오히려 생의 지름길이 아니라 위험하고 혼잡한 험로에 가까웠다. 여기에 각종 영화와 드라마, 노래와 서책이, 삶에 밀어닥치는 위험의 회피와 자기 행로의 갱신을 위해서라도 찾아 헤매야 하는 미학적 등대로 응시된 까닭이 존재한다. 물론 그럼에도 시인은 매체예술의 흥미진진한 서사와 휘황한 색채에 함부로 빠져들지 않았다. 오히려 여기저기 검게 착색된 '스키드 마크'를 거리화·객관화하는 한편 그 어두운 흔적 속에서 자아 갱신과 구원의 희미한 빛을 찾아내기 위해 "구부러진 어둠을 등지고/창 너머를 바라"보는 역시(逆施)의 태도를 삶과 시에 대한 핵심 원리로 기꺼이 꺼내 들었다.

> 오늘 밤 나는 당신이 우주의 리듬을 발견하던
> 그 순간을 훔쳐보는 한 마리의 까마귀죠
> 낮 동안 오베르의 밀밭 사이를 서성이다가
> 당신의 그림자 뒤에서 불타오르는 삼나무 가지에
> 앉아 밤이 지나가는 길목을 지키고 있어요
>
> ─「직소퍼즐을 맞추며」 부분

휘민의 시에는 넓은 의미의 '인상주의'에 수렴되는 고흐와 모딜리아니가 함께 등장한다. 이들은 불행한 삶과 전통의 파괴를 광휘(光輝)의 화폭 창조와 혁신적 미감의 발명에

서슴없이 도입함으로써 그 어디에도 존재하지 않던 "창 너머"의 빛, 바꿔 말해 "우주의 리듬"을 발랄하게 발견, 청취하기에 이른 예외적 영혼들이다. 휘민이 근대의 화폭을 열어젖힌 '빛의 마술사'들의 절대적 영향과 기꺼운 수렴에 빚지고 있음은 "제 속의 비명으로 피워 낸 파란 우주"(「창 너머」)와 "당신의 그림자 뒤에서 불타오르는 삼나무 가지" 사이의 유사성에서 여지없이 확인된다.

하지만 정말 중요한 것은 위대한 예술가들에게서 시인이 매일매일 호흡하는 낯선 세계와, 설운 자아를 향한 시선과, 화법의 내면화만이 아니다. 불멸의 유산으로 남겨진 그들 고유의 "비애와 함께 우주를 건너가는 별빛의 노래"를 '지금 여기' 우리들의 발랄한 운율로 어떻게 불러들일지가 더욱 문제적이다. 이를 위해 꺼내 든 회심의 무기를 꼽으라면, "변죽부터 울리며 천천히 다가갈까요 아니면/꿈틀거리는 별들의 심장으로 곧장 내달릴까요"(「직소퍼즐을 맞추며」)로 표현된 소외된 대상에의 방법론적 사랑과 통합을 함부로 지나치기 어렵다.

　　나를 쫓아오던 사건과 내가 놓쳐 버린 기억들로 머릿속에 먹구름이 차오를 때 오래 곱씹었던 질문인 듯 지난가을 서랍 속에 넣어 둔 목화씨들의 궤도를 생각한다

　　툭 툭 툭

어둠을 튕겨 내는 초침 없는 벽시계의 기척들

어느새 아이의 주먹만큼 자란 금와달팽이가 사그락사그락 상춧잎을 갉아먹는다

홀로 견디는 시간의 힘으로 실핏줄 같은 공명을 만들며

북회귀선을 건너가는 한밤의 운율들

　　　　　　　　　－「자오선이 있는 수평 해시계 판」 부분

시간은 오로지 미래를 향해 흐르는 한 죽음을 향해 치닫는 우리들의 최후의 공격자이자 소유권자일 수밖에 없다. 어느 순간 잃어진 어떤 '사건'과 기억들의 떠올림은 단지 과거로의 귀환을 현실화한다는 사실 말고도 "어둠을 튕겨 내는 초침 없는 벽시계의 기척들"을 현재와 미래의 도래하는 사건들로 가치화한다는 점에서 결코 빼앗길 수 없는 인간적 시간의 실천이다. 아무려나 "달빛과 그림자의 경계로 서서/어둠의 계보를 헤아"리는 일은 존재를 "삶과 죽음, 어느 쪽으로 돌"리기 위한 소극적 니힐리즘에의 전면적 투항으로 그쳐서는 안 된다. 그보다는 "어쩌면 밤은 낮의 저편이 아닐 수도 있다고/꿈은 잠의 일이 아니라 태양의 일일 수 있다고" 상상하는, 그럼으로써 "홀로 견디는 시간의 힘으로 실핏줄 같은 공명을 만들며/북회귀선을 건너가는 한밤의 운율들"을 우리 모두의 "엇박자로 덜컹거리는 심장 속"(「체류」)에 흘려 넣는 미학적 사건으로 발현시켜 마땅하다.

앞을 향해 나아갈 땐 그림자를 볼 수 없었어
내 앞에 목이 긴 어둠 깔리기 시작했을 땐
빛의 정수리를 지나온 뒤였지
나는 밤이 너무 무거워
누가 이 챙 넓은 모자를 벗겨 주면 좋겠어
내 눈동자에 고인 어둠을 거둬 가면 좋겠어

잔느,
먼 곳을 헤매는 나의 몸
너는 보이지 않을 때만 내게로 온다

　　　　　　　　　　　　　－「달과 모딜리아니」 부분

　'나'는 누구일까? 시인 자신이기도 하고 그녀가 변장한
'모딜리아니'이기도 하다. '잔느'는 유대인으로 가난하고 병
약했으며, 심지어 마약쟁이기도 했던, 그리고 드디어는 결
핵성 뇌막염으로 1920년 36세 젊은 나이로 요절한 '모딜리
아니'의 예술과 영혼의 동반자였다. 모딜리아니 인물화의
특징으로 흔히 거론되는 가늘고 긴 목이나 달걀 모양의
얼굴을 가는 선으로 둘러 표현한 독특한 기품과 아름다움
은 "내 앞에 목이 긴 어둠"에서 보듯이 '잔느'의 심미적 정
체이기도 했다.
　그러나 여러모로 고달팠던 둘의 사랑에서 정녕 충격적
인 사실은 그녀가 임신 8개월의 몸임에도 '모딜리아니' 사

후 이틀 뒤 투신자살로 생을 마감했다는 점이다. 두 연인의 더욱 불우해서 더더욱 행복해야만 했던 삶과 죽음을 떠올리면, 아이를 향해 문득 던진 '잔느'의 잔혹성은 결코 이해할 수도, 이해되어서도 안 되는 비윤리적 행위의 일종이다. 그럼에도 굳이 자살의 까닭을 물어야 한다면, 누구도 닦아 주지 않았던 "내 눈동자에 고인 어둠"을 서로의 죽음으로 거둬 가려는 그들에게 처연한 연민의 정사(情死)만이 삶의 선택지로 남았기 때문이 아니었을까.

그럼에도 '모딜리아니'와 '잔느'의 사랑은 서로가 "먼 곳을 헤매는 나의 몸"과 "보이지 않을 때만 내게로" 오는 '너'로 종결되고야 말았다. 물론 그래서 또다시 서로의 눈을 열심히 닦아야만 하는 이들의 몸의 별리와 영혼의 분열은 쓸쓸한 생의 지평에 여전히 머물고 있는, 아니 아직도 머물고 있는 '죽음' 이전의 우리의 윤리적 감각이 조심조심 작동한 결과로 이해해야 옳을지도 모른다. 그러니 만약 우리가 죽음과 예술을 맞바꾼 고흐와 모딜리아니의 심미적 처형에 우리 삶을 잠시라도 대기 위해서는 정형의 퍼즐 조각 찾기에 급급한 유희의 추격자로 남아서는 안 된다. 오히려 "짝이 맞지 않는 퍼즐 조각들"을 '지금 여기'의 시민으로 환대하기 위해 모범화·규격화된 윤리적 감각('심장')을 아프게 "발굴해 내는 정형사의 칼날"로 재바르게 몸 바꿔야 한다.

큐큐, 내게는 닫히지 않는 사물함이 있어 미처 이름 붙이
지 못한 추억들 딱지가 마르지 않은 생채기들 짝이 맞지 않
는 퍼즐 조각들이 숨어 있는 곳 가끔은 그곳에 웅크리고 앉
아 생살을 찢고 올라오던 사랑니의 시간으로 돌아가곤 하지
평생 곡괭이로 어둠을 찍어 내다 자신의 눈동자를 탄창에
두고 온 늙은 광부의 손끝이거나 이분도체된 소의 주검에
서 자신의 심장을 발굴해 내는 정형사의 칼날 속으로
                                  ─「단추의 바깥」 부분

　자신의 직업에서 유능한 실력자들일 "늙은 광부"나 "정
형사"가 스스로의 "곡괭이"와 "칼날"에 찍히지 않기 위
해서는 '習慣의 기술'을 '發骨의 기술'로 끊임없이 뒤바꾸
는 긴장의 삶을 살아야 한다. 이것은 언어의 단련공이자
비의적 세계의 발굴자로서 시인의 권리요 의무이기도 하
다. 「단추의 바깥」이 휘민 시인 스스로에게 "칼의 춤"(「칼의
춤」)인 까닭이 드러나는 지점이다.
　『온전히 나일 수도 당신일 수도』에서 '발골의 칼날'이 씩
씩하고 날카롭게 움직이는 시편을 꼽으라면 부제로 "거머
리와 함께 여행하는 법"을 취한 일련의 연작이 아닐까. 남
의 피를 빨아 댐으로써 생명을 유지하는 '거머리'는 '흡혈
귀'의 형상을 대체하는 끔찍한 미물이라는 점에서 달가울
것 전혀 없는, 말 그대로 '발골'의 대상이다. 그러나 '거머
리'는 아주 무용하지만은 않은데, 그 침에 숙주의 상처 부

위를 마취시키고 혈관을 확장함으로써 혈액의 응고를 막는 성분이 들어 있기 때문이다. "어둠" 속에서 "창문 너머"를 보는 자가 시인이라면, 그자는 어쩔 수 없이 피를 빨리면서도 저 침의 성분으로 나날의 상처를 다스리는 역설적이며 냉철한 지혜에 밝아야 한다.

'어둠'과 '빛', '삶'과 '죽음'을 적절하게 교환하거나 대체할 줄 아는 거머리의 양가성이 휘민의 삶과 시에 담긴 방법적 성찰과 사랑에 긴밀히 접속될 수 있음은 「풍경의 그늘—거머리와 함께 여행하는 법 5」에서 뚜렷하게 관찰된다. 휘민은 시의 행과 행을 적은 뒤 각 연의 말미마다 ① "사진 속에서 우리는 언제나 웃고 있지", ② "멀찌감치 떨어져 있을 때만 아름답던 음소거의 풍경", ③ "온종일 햇빛 한 줌 들지 않는 막다른 계절의 골목에서", ④ "모두 같은 표정으로 웃고 있는 플라스틱 해바라기들"을 따로따로 구분하여 붙였다. 예술 매체를 성찰의 매개체로 동원하고 있지만, 저 아이러니의 화살들은 우리들의 허구적 일상과 협착된 내면, 그러니까 "폐허 속에서도 웃음을 연기하는/습관의 잔상"을 과녁으로 삼고 있음에 틀림없다. 이 무정한 "습관의 잔상"이 제거되지 않는 한 "잘려 나간 내 마음의 둥근 단면"은 "새하얀 밀랍"으로 가득 덮여 "살아갈수록 더 아득해지는 중심"(「봄」)의 복수에 끊임없이 시달릴 수밖에 없게 된다.

이런 까닭에 '지금 여기'의 일상을, 당신과 나의 내면을

"유효기간 동안 부패를 연장하는 곳"으로 획정하는 '불행한 의식'과, "열림과 닫힘의 경계 그 속에 살고 있는 비린내 나는 날것들의 비밀스러운 행동을 암행하러"(「락앤락」) 나서는 (고흐식) '적극적 멜랑콜리'는 결코 포기할 수 없는 시와 삶의 정밀한 균형추이자 예민한 바늘로 더욱 부감되는 것이다. 가령 다음과 같은 자아의 열망은 어떤가. "얽매임도 망각에 대한 기억도 없는/무한 고독의 세계로 날아오르기 위해" "나는 폭발하는 순간의 광휘를 간직한/뜨거운 불꽃이고 싶다"(「만호크레이터」). 가장 빛나는 순간이 가장 어두운 순간을 불러온다는 사실은 삶과 죽음, 황홀과 고독의 일체성을 역설적으로 증명한다.

이와 같은 존재와 세계의 역설은 '나'와 '너'의 고착과 정지보다 끊임없는 이동과 변화를 살아가며 저 "무한 고독"을 '절대 생명'으로 치환하는 주술의 필연성을 더욱 배가시키기 마련이다. 사람 등을 이동시킬 때 사용되는 『해리 포터』의 주술어 '모빌리코르푸스(Mobilicorpus)'의 차용은 그런 점에서 잘 조직된 수사학보다는 필연적인 존재 증명을 위한 필연적 기호화의 일환인 것이다.

입술과 입술이 맞닿는 느낌
여명 같기도 하고 황혼 같기도 한
녘이라 불러도 좋을 시간의 주름
낮과 밤 사이에서 서성거리는

그러다가 쓰윽, 한 사람의 가슴을 베기도 하는

입술은 몸에 새겨진 어둠의 지층
당신을 향해 열린 근원적인 가장자리
입맞춤은 기억을 이동시키는 주문
나의 과거와 너의 미래가 미끄러지는 지금 여기
– 「모빌리코르푸스」 부분

'불행한 의식'과 한 몸을 이루는 '적극적 멜랑콜리'의 면
면은 "입술은 몸에 새겨진 어둠의 지층/당신을 향해 열린
근원적인 가장자리"에 또렷하다. 이렇듯 닫히고 열린 '입
술'이 있어 서로의 '입맞춤'은 "여명 같기도 하고 황혼 같기
도" 한 것이다. 또한 그래서 "나의 과거와 너의 미래가 미
끄러지는 지금 여기"를 낳는다는 시공간의 역설과 상호 변
신의 존재 증명이 가능해진다. 그러니 이렇게 말해 보는
것은 어떨까. "모빌리코르푸스"의 주술이 있어, 『온전히 나
일 수도 당신일 수도』의 핵심 구절 "이 생을 한 번 더 믿어
보기로 한다/누구에게나 생의 절반은 잠복기일 수 있다"
(「점묘」)라는 자존과 신뢰의 마음이 문제적 상황의 '나'와
'너' 모두에게로 깊고 넓게 스며드는 것이라고.
다시 이렇게 물어보자. 마법의 언어 "모빌리코르푸스"를
시의 기호학으로 전유한다면 어떤 사건이 발생할까. 우리
는 그 답을 「리듬의 탄생」에서 찾아 마땅하다. 시의 핵심

은 '아이'였던 시절의 화자가 겪었던 사소한, 그러나 어렸기에 몹시 두려웠을 몇몇 상실의 기억을 "치매에 걸린 노모"의 현실로 환치시키는 존재론적 시공간의 역설에 놓여 있다. 이를 통해 '아이'의 과거와 '노모'의 현재를 결합, 사실은 그것이 '노모'의 과거이고 '아이'의 미래일 수 있음을 침통하게 환기하는 것이다.

그런 의미에서 "리듬의 탄생"은 이중적이다. '아이'인 '나'와 '노모'의 서로 대립과 갈등, 서로 전환과 소통의 지속 및 반복이 생산하는 현실의 리듬이 하나라면, 그것을 시의 기호로 변주하는 과정에서 탄생하는 미학적 리듬, 다시 말해 시의 발생이 다른 하나다. 이 "리듬의 탄생"은 시간 속 타자인 '아이'와 '노모'를 현재의 '나'와 통합시키는 동일화의 구체적 순간이자 모습이다. 이 과정에 서로 갈등하고 상처를 주던 주체들과 타자들이 서로를 이해하고 응원함으로써 다 같이 치유와 충만의 상태로 돌입하는 존재 전환의 시적 마술이 감춰져 있음은 물론이다. "모빌리코르푸스"가 상상적 주술의 언어를 넘어, 상실과 죽음에의 절망을 넘어, 충만과 생에의 희망을 주조하는 '적극적 멜랑콜리'의 언어임이 드러나는 순간이다.

산다는 건
누구나 자기 몫의 어둠을 길들이는 일
슬픔의 모서리를 숨통처럼 둥글게

둥글게 깎아 내는 일
몸속을 돌아 나온 더운 피로
숨결인 듯 눈물인 듯
붉은 꽃을 피우는 일

숨이란 말 참 좋더라
그렇게 따스울 수 없더라
후우 하고 내뱉고 나면
가슴속까지 편안해지는 말
콧구멍 간질이며 온몸을 덥히는 말
그러나 바닥까지 내려놓으면
돌멩이처럼 싸늘해지는 말

－「숨은 꽃」 전문

벌써 눈치채셨는가? 그렇다, 인용한 형식의 「숨은 꽃」은
어디에도 없다. 진짜는 앞과 뒤의 연이 뒤바뀌어 있기 때
문이다. 우리 삶에서 순서를 따진다면 '일'이 그 어떤 것보
다 포괄적이며 최후적인 가치로 놓일 것이다. '말'은 그 삶
에서 분비되는 어떤 가치와 정서의 응축물이라 해도 크게
틀리지 않는다. 하지만 시인의 '적극적 멜랑콜리'가 '비애의
리듬, 고독의 점묘'를 통해 "자기 몫의 어둠"을 길들이고
"슬픔의 모서리"를 둥글게 깎으며 마침내는 "더운 피로"
"붉은 꽃을 피우는 일"을 목적한다면, 그는 "가슴속까지

편안해지는 말"과 "온몸을 덥히는 말"을 "돌멩이처럼 싸늘해지는 말"로 언제든지 뒤바꿀 수 있는 존재여야 한다. 이번 시집의 또 다른 핵심어를 "질 나쁜 형용사 쪽으로"에 두어 하등 이상할 것 없는 까닭이 여기 있다. 이 점, 비평가가 「숨은 꽃」에서 '일'과 '말'의 순서를 바꾸어 인용한 진정한 이유이기도 하다.

또 눈치채셨는가? 그렇다, 비평가는 지금 뒤바꿔 놓은 '따스하면서도 싸늘한 말'들이 발굴해 갈 휘민 시인의 또 다른 '일'을 상상 중인 것이다. 그 작업 속에는 아직은 미완인, 그래서 상당 기간 "숨은 꽃"으로 몰래 자랄 의외의 '말'들이 가득할 것이다. 휘민 시인이 한층 질 나빠질 그 '일'과 '말'이 완성되었다고 살짝 알릴 때, 우리들 다시 모여 "루모스 막시마(Lumos Maxima)!"라고 주문을 외치며 더욱 붉디"붉은 꽃"을 다 같이 들어 보면 어떨까.

시인수첩 시인선 018

온전히 나일 수도 당신일 수도

ⓒ 휘민, 2018

초판 1쇄 인쇄 2018년 10월 15일
초판 1쇄 발행 2018년 10월 31일

지은이 | 휘민
발행인 | 강봉자·김은경

펴낸곳 | (주)문학수첩
주 소 | 경기도 파주시 회동길 192(문발동 513-10) 출판문화단지
전 화 | 031-955-4445(대표번호), 4500(편집부)
팩 스 | 031-955-4455
등 록 | 1991년 11월 27일 제16-482호

홈페이지 | www.moonhak.co.kr
블로그 | blog.naver.com/moonhak91
이메일 | moonhak@moonhak.co.kr

ISBN 978-89-8392-712-5 03810

「이 도서의 국립중앙도서관 출판예정도서목록(CIP)은 서지정보유통지원시스템
홈페이지(http://seoji.nl.go.kr)와 국가자료공동목록시스템(http://www.nl.go.kr/
kolisnet)에서 이용하실 수 있습니다.(CIP제어번호: CIP2018022742)」

이 도서는 한국출판문화산업진흥원 2018년 우수출판콘텐츠 제작 지원 사업
선정작입니다.

* 파본은 구매처에서 바꾸어 드립니다.